The
Seventeen
Traditions

열일곱 개의 전통

랩프 네이더 지음 • 정영목 옮김

재인

나의 부모
나스라 네이더와
로즈 부지안 네이더에게

샤피크, 클레어, 로라에게

또 젊은 부모들에게

이 책을 바친다.

차례

내 유년의 풍경

The Seventeen Traditions

어느 초가을날, 센트럴 학교의 종이 울렸다. 우리 8학년의 수업이 끝났음을 알리는 소리였다. 나는 급우들과 함께 떠들썩하게 출구로 향했다. 우리 반의 한 여학생 옆을 지나가는데 남학생 하나가 그 여학생 쪽으로 고개를 기울이더니 우리를 보며 잔인한 말투로 내뱉었다.

"엄청난 돼지야."

물론 여학생도 그 말을 들었다. 뒤를 돌아본 나는 여학생이 일그러진 표정을 지으며 저쪽으로 걸어가는 것을 보았다. 남학생들은 큰 소리로 웃음을 터뜨렸을 뿐이다.

"욱."

한 남학생이 맞장구를 쳤다. 나는 어안이 벙벙했다. 그 여학생은 우리 반에서 가장 친근하고, 가장 사려 깊은 급우로 꼽혔다. 우리는 1학년 때부터 그 여학생과 같은 반이었다. 모두 그 여학생을 좋아했다. 집으로 걸어가면서도 나는 이 갑작스러운 사건을 도저히 마음에서 떨쳐 버릴 수가 없었다. 그 여학생이 무슨 죄를 지었단 말인가? 나는 자문해 보았다. 그 여학생은 우리 반에서 예쁜 아이로 손꼽히지는 않았지만 그게 그 아이 잘못인가? 왜 그 남학생이 아무렇지도 않게 내뱉은 잔인한 말을 들어야 하는가? 1학년 때도, 2학년 때도, 3학년 때도, 4학년 때도, 5학년 때도, 6학년 때도, 심지어 7학년 때도 이런 일은 없었다. 그런데 왜 이제 와서?

그날 저녁때까지도 그 여학생의 풀 죽은 표정과 그 남학생의 잔인하게 조롱하는 표정이 머릿속을 떠나지 않았다. 그런 말을 한 아이는 반의 깡패도 아니었고 잘난 체 큰소리치는 아이도 아니었다. 그런데도 그 아이는 아무 죄 없는 열세 살짜리 여자 아이를 흘긋 보더니 큰 상처를 주는 말을 했다. 그 여학생은 반의 다른 여자 아이들과 다를 것이 없었다. 그저 조금

못생기고 창백해 보일 뿐이었다. 그 여자 아이가 무슨 짓을 했기에 그 남학생에게 언어폭력을 당했을까? 그 남자 아이의 진짜 목표는 누가 매력적이고 누가 매력적이지 않은지 자신이 안다는 것을 보여 주어 우리한테 뽐내려던 것이었을까? 이유가 무엇이건 나는 이제 막 시작된 사춘기가 소년의 마음을 지배하고 있었을 것이라고 생각한다. 그의 성장하는 몸의 아래쪽 반이 뇌가 있는 위쪽 반을 장악하여, 그 여학생이 어떻게 생겼는지가 아니라 어떤 사람인지를 보던 세월을 밀어내 버린 것이다. 이런 점에서 보자면 그 남학생은 아홉 살이나 열 살 때보다도 더 못된 사람이 되어 버린 셈이었다.

나나 내 형제들은 그런 잘못된 행동을 하지 않았다고 생각하고 싶다. 물론 우리도 장난을 치기는 했는데, 그럴 때면 어머니는 언제나 똑같은 반응을 보였다. 어머니는 우리가 저열한 본능 때문에 스스로 생각하지 못한다 싶으면 "문제는 바로 너인 것 같은데."라고 말하곤 했다. 어머니는 그 생각 없는 남학생을 만났어도 똑같이 말했을 것이다. "그 여자 애한테는 아무 잘못이 없어. 문제는 바로 너야. 네가 그런 식으로 저 아이한테 선입견을 가졌잖아." 그런 말을 들으면 우리는 늘 자세를 가다듬곤 했다.

어른이 되어 나는 사람들이 인간의 아름다움에 관하여 관습적인 정의 또는 상업적 동기에서 이루어진 정의를 받아들이는 일이 흔하다는 생각을 하곤 했다. 사실 아름다움에 관해서만이 아니라 모든 면에서 관습적인 사고를 받아들이는 일이 많아 보였다. 그럴 때마다 나는 나의 어린 시절에 온 마음으로 감사하곤 했다. 내가 선입관에 도전하고, 순응이나 강제 등 오늘날 우리 공동체와 사회에 많은 고통과 손실, 비극을 안겨 주는 영향력들을 거부하도록 가르쳐 주었기 때문이다. 프린스턴 대학과 하버드 법대에서 오랫동안 수준 높은 교육을 받았지만 나는 나의 부모, 가족, 내가 자랐던 소도시 공동체의 인도가 없었다면 결코 그런 식으로 생각하는 법을 배우지 못했을 것이다.

순응과 자기 검열이 넓게 퍼진 이 시대에 나는 나도 모르게 어린 시절을 돌이켜 보며 그것이 왜 나와 내 형제자매에게 특별했는지 되새겨 보곤 한다. 최근에는 그 기억들을 다른 사람들과 공유하고 싶다는 생각을 하게 되었다. 오늘날의 부모, 자녀, 손자들에게도 지침과 영감을 줄 수 있을지 모르기 때문이다. 실제로 내 어린 시절의 구석구석에 스며들어 있던 전통, 지금도 내 마음속에 생생하게 살아 있고 나를 인도하는 전통에 대한 기억들이 우리가 지금 살아가는 세계, 완전히 달라진 이 세계에도 도움이 되기를 나는 간절히 바란다.

～

종종 어떤 힘들이 나를 형성했느냐는 질문을 받곤 한다. 그럴 때면 한정된 인터뷰 시간에 다 말할 수는 없는 노릇이므로, 자세하게 답을 하기보다는 간단하게 대답을 하곤 한다.

"운이 좋아 부모를 잘 만났죠."

형과 두 누나와 나에게는 직접적인 방식으로든 눈에 잘 드러나지 않는 방식으로든 우리를 잘 보살핀 훌륭한 부모가 있었다. 그들의 삶의 모범 덕분에 우리는 단단한 길에 올라서서 지금까지 그 길을 걸어왔다.

우리 부모는 무엇보다도 여러 세대에 걸쳐 자신들에게 전해져 온 전통을 우리에게 물려줄 책임이 있다고 생각했다. 그들은 20세기 초에 이민을 와서 낯선 나라와 문화에 맞게 그 전통들을 다듬고 수정했다. 이 전통들은 그들이 레바논에서 어

린 시절을 보내는 동안 배웠던 일반적인 지혜와 관습에서 생
겨난 것이다. 이것은 그들 자신의 판단, 감수성, 변화된 상황
에 맞게 다듬어졌다. 또 그들은 사회에 적응하며 성장해가는
자녀들에게 늘 각자의 의견을 이야기하라고 장려했는데, 아이
들의 그런 의견도 이 전통 안으로 흡수해 들였다.

　어머니와 아버지는 둘 다 거의 백 년을 살았다. 우리는 아주
오랜 세월 동안 그들의 풍부한 경험에 바탕을 둔 통찰과 지혜
의 도움을 받았다. 그들은 언제나 젊었다. 늘 "흥미를 느끼고
또 흥미를 주는" 사람이 되는 것이 중요하다는 어머니의 확고
한 믿음을 실제로 생활 속에서 체현했기 때문이다. 그들이 평
생 그렇게 살았기 때문에 우리 자식들이 집에 있건 없건 우리
집에는 늘 젊은 사람들이 들락거렸다. 우리 부모가 가족의 기
초를 굳건하게 닦아 놓은 덕분에 우리는 그것을 발판으로 더
넓은 세계로 힘차게 나아가 높은 기대감을 갖고 새로운 경험
을 할 수 있었다.

　그 기초에는 우리가 살던 지역도 어느 정도 관련이 있었다.
우리 부모는 일부러 코네티컷 주 북서부 리치필드 힐스에 자
리 잡은 작은 도시 윈스테드로 이사했다. 나는 대공황기에 그

곳에서 태어났다.

　윈스테드는 뉴잉글랜드의 전형적인 도시이기도 했고 아니기도 했다. 윈스테드에는 매드 강과 스틸 강이 흘렀는데, 그 이름은 18세기 후반에 숲이 울창한 이 지역에 정착했던 사람들이 붙인 것이다. 코네티컷에는 윈스테드 같은 공장 도시들이 점점이 박혀 있었다. 이 도시들은 강에서 동력을 얻어 공장을 돌렸다. 이런 도시들은 대부분 작았으며, 공장 한두 개를 중심으로 형성되었다. 그러나 1900년에 윈스테드에는 공장이나 제작소가 백 개나 있었다. 또 이 공장들 덕분에 가정, 상점, 다른 사업체가 생겨났다. 1제곱미터당 술집의 수도 미시시피 동부 도시들 가운데 제일 많았을 것이다. 윈스테드를 포함하는 큰 도시 윈체스터는 남서쪽에서 북동쪽으로 비스듬하게 기울어진 직사각형 모양으로 생겼다. 산이 험한 이 지역은 산맥, 고지대의 호수, 계곡으로 이루어져 있었으며, 대부분의 공장, 가게, 학교, 가정이 계곡에 자리를 잡고 있었다. 아버지가 이곳에 있는 2킬로미터 정도 길이의 메인 스트리트에 식당 겸 빵집을 열었을 때는 이곳 인구가 만 명 정도였으며, 크기는 맨해튼 정도 되었다.

윈스테드는 걸어서 돌아다닐 수 있는 작은 도시였다. 그 시절에는 어린아이들이 엄마나 아빠에게 차를 태워 달라고 할 필요가 없었다. 아주 먼 시골에 있는 집이 아니면 학교 버스도 다니지 않았다. 너나없이 걸어 다녔다. 거리에는 가로수가 그늘을 드리우고 보도는 잘 관리되어 걷기에 좋기도 했다. 필요한 것, 원하는 것, 기분 내키는 것을 찾아 어디든 걸어서 갈 수 있었다. 힘차게 걸어서 15분이나 20분이면 학교, 놀이터, 대부분의 집, 시청, 영화관, 상점, 공장, 신문사, 도서관, 역사박물관, 병원과 교회, 경찰서와 소방서, 치과, 병원, 변호사 사무실, 기차역, 우체국, 전기와 전화 회사, 군 법원에 갈 수 있었다.

윈스테드 사람들은 걸어서 근처의 언덕을 올라가면 우유를 공급하는 낙농장을 찾아갈 수 있었고, 하일랜드 레이크(코네티컷 주에서 두 번째로 큰 자연 호수였다)에서 쉴 수도 있었고, 고요한 초원, 숲, 냇물을 얼마든지 만날 수 있었다. 아이들을 기르는 가족이 살기에 좋은 공동체였다. 사람들을 땅이나 물이나 사랑하는 정원이나 하늘로부터 차단해 버리는 시멘트, 아스팔트, 마천루 따위는 없었다. 마음껏 바람을 맞고 툭 트인 지평선을 바라볼 수 있었다. 격리되지 않은 자연을 느끼며 어머니는 종종 노래하곤 했다.

"아, 정말 아름다운 아침이야!"

어머니와 아버지도 작은 공동체에서 성장했다. 친할아버지는 아버지가 아기였을 때 세상을 떠났다. 아버지는 레바논 산악 지대의 아르순이라는 작은 마을에서 어머니, 누이, 형제와 함께 살았다. 아르순의 물웅덩이는 헤엄을 치기에 알맞은 곳이었으며, 아버지는 해마다 동네 소년들 앞에서 다이빙 솜씨를 뽐냈다. 아버지가 어린 시절 산의 차가운 물에 용감하게 뛰어들던 이야기는 아무리 들어도 질리지 않았다. 어머니는 레바논의 비옥한 곡창 지대인 베카 골짜기 위쪽의 산기슭 도시 잘레에서 자랐다. 어머니는 딸만 여덟인 집안의 넷째 딸이었다. 외할아버지는 사촌 넷을 데려다 자식들과 함께 길렀다.

우리 부모의 두 집안은 그들 나름의 전통을 잘 보존했다. 그 전통에는 조상들로부터 전해져 오는 것도 있었고, 외국 점령—처음에는 오스만 튀르크, 그다음에는 프랑스—의 경험에서 배운 비교적 새로운 전통도 있었다. 우리 부모는 늘 '옛것 가운데 가장 좋은 것을 새것 가운데 가장 좋은 것과 합쳐야 한다'고 강조했다. 윈스테드의 직물, 철물, 시계 공장이나 상점

에서 일하던 아일랜드, 이탈리아, 또 폴란드나 다른 동유럽 쪽
에서 온 이민자 가족들도 똑같이 생각하는 듯했다. 어른과 아
이들은 함께 보내는 시간이 지금보다 훨씬 많았다. 그 덕분에
그들 사이에 지혜가 자연스럽게 흘렀다.

원스테드는 진정한 공동체로, 빈번한 퍼레이드와 활발한 공
적 생활로 유명했다. 메인 스트리트의 보도는 장을 보거나 볼
일을 보는 사람들로 북적거리곤 했다. 이웃 간에 서로 잘 알았
고 자주 오고 갔다. 텔레비전이 나오기 전이었기 때문이다. 해
외 참전 향군회, 로터리, 키와니스, 라이온스, 엘크스, 콜럼버
스 기사단, 적십자, 프리메이슨, 구세군, YMCA 등 그 시절의
전국적인 봉사 클럽이나 협회들이 원스테드에 지부를 두고 있
었다. 공장 노동자들 대부분이 융자를 얻어 수수한 집을 사고,
새 차는 아니더라도 중고차는 구입할 여유가 있었다. 제2차
세계 대전 뒤에는 연방 주택 지원 프로그램 덕분에 귀환병들
이 자리를 잡을 수 있었다. 그림 같은 리치필드 힐스에 아늑하
게 자리 잡은 원스테드는 당시 리치필드 군의 군청 소재지였
으며, 뉴욕 시에서 오는 기차의 마지막 역이기도 했다. 1940
년대까지 원스테드에서는 기차가 매일 일곱 번씩 뉴욕 시를

향해 떠났다. 양 방향으로 흐르는 큰 강의 상류 꼭대기에 있는 것이나 다름없었다.

윈스테드는 논쟁이 활발하게 이루어지는 곳으로도 명성이 자자했다. 시끌벅적한 타운 미팅과 우체국이나 읍사무소는 물론이고 술집, 식당, 식료품점에서 끊임없이 분출하는 격렬한 대화로도 유명했다. 윈스테드는 여전히 뉴잉글랜드의 타운미팅 전통을 따르고 있었다. 매년 거주자들이 투표를 하여 예산을 승인하거나 반대했던 것이다. 윈스테드 사람들은 선출된 대표자에게 자신의 권리를 위임하는 것을 좋아하지 않았다. 대신 그들은 끊임없이 이어지는 공적인 토론에서 자신의 관심을 드러냈으며, 그 토론은 대부분 지역 신문인 『윈스테드 이브닝 시티즌』의 지면에 자리를 잡았다. 윈스테드는 자체 일간 신문이 있는 전국 최소의 도시로 꼽혔으며, 주민들은 신문이 자신들에게 제공하는 메가폰을 최대한 이용했다.

불운하게도 윈스테드는 매드 강 때문에 자연재해를 여러 번 겪어야 했다. 물론 이 강의 수력 덕분에 강둑에 공장을 여러 개 짓기도 했다. 그러나 매드 강이 여러 번 그 강둑을 넘어 범람하는 바람에 세 세대에 걸쳐 재난에 가까운 홍수가 자주 일어났다. 그중에서도 최악은 1955년 8월에 엄청난 허리케인과 함께 물의 벽이 윈스테드를 삼켜 버린 사건이었다. 홍수가 날 때마다 수없이 많은 문제가 생겼고, 주민들은 수없이 많은 문제와 씨름해야 했다. 홍수가 이 도시의 갈등, 결의 또는 지지 부진한 행동의 근원이었던 셈이다.

그러나 윈스테드는 매드 강이 계속 공격해 와도 겁을 먹지는 않는 것 같았다. 윈스테드는 그런 규모의 도시치고는 놀랄 만큼 많은 박애주의적 기관들, 그것도 오래 지속되는 기관들을 세웠다. 리치필드 군 병원, 비어즐리 앤드 메모리얼 도서관, 길버트 학교, 윈스테드 의용 소방대로 알려진 민초들의 자선 단체 등이 그런 예다.

물론 이렇게 베푸는 집단도 있었지만 빼앗아 가는 집단도 있었다. 그 선두에는 저임금에 강력한 반노동조합 정책을 앞세운 공장들이 있었다. 오래된 회사들은 조합이 있는 공장이 지역에 들어오는 것을 막으려고 늘 경계를 늦추지 않았다. 그들은 신선한 공기와 물도 몰아내려고 작정했는지 그 두 자원을 자신들의 오염물을 배출하는 시궁창과 하수구로 이용했다. 처음 지어진 공장들은 자선 정신과는 거리가 멀었다. 1950년

대에는 설립자의 후손들 다수가 경쟁 정신을 잃고 부재 소유
자에게 공장을 팔았다. 부재 소유자들은 이렇게 얻은 공장을
곧 이전하거나 폐쇄했다. 그 무렵 우리 형제들은 대학에 가고
없었다. 윈스테드는 다채롭고 자족적인 공장 도시에서 주거
도시로 진화하여, 하트퍼드, 토링턴, 워터베리로 출근하는 노
동자들로 꽉 채워졌다. 공장들이 문을 닫은 뒤 공기와 물은 깨
끗해졌지만, 독성이 스며든 땅과 텅 빈 건물들은 그대로 남아
이 지역의 새로운 발전을 가로막는 경제적 덫이 되었다.

  이런 공동체의 대부분이 그렇듯이 그 시절 윈스테드도 인종
적·종교적 분열에 시달렸다. 이런 분열은 경제적 위계와 연
결되어 있었다. 당시에는 도시 인구의 99퍼센트가 백인이었
다. 개신교 가족과 가톨릭 가족 사이에는 완벽하지는 않았지
만 조용한 사회적 구분이 이루어졌다. 커다란 가톨릭교회와
네 개의 개신교 교회 구성원들은 그런 구분을 유지해 나갔다.
이 집단들 사이에 노골적이고 신랄한 적대는 거의 없었다. 좋
은 쪽으로든 나쁜 쪽으로든 자신들의 사회적 위치를 잘 알았
기 때문이다. 그러나 시민이라는 입장에서 보자면 이 모든 것
은 의미가 없었다. 이민 첫 세대는 보수적인 양키가 도시를 지

배하고 경제를 통제한다는 것을 알았다. 그러나 십 년, 이십 년이 흘러 점차 이민자들의 자녀, 또 손자 세대가 정치권력을 휘두르게 되었으며, 1950년대에 이르면 양키 산업가들의 자식은 더 부유한 공동체를 찾아 윈스테드를 떠났다.

이 작은 도시에서 나의 유년 시절을 형성한 것은 나의 가족, 친구, 이웃, 내가 하던 자잘한 집안일과 취미, 도시의 문화와 환경, 학교, 도서관, 공장, 사업체와 그 노동자들, 그리고 느닷없이 나타나 모든 것을 박살 내는 폭풍이었다. 이 모든 것이 나의 정신적 풍경을 이루었다. 그러나 어느 가족에 속하든 유년은 신비한 경험으로, 눈에 보이는 분명한 부분들을 넘어서는 면이 있다. 인간 발달에 영향을 주는 요소들은 무엇일까? 물, 공기, 영양분은 유전 물질과 상호 작용하여 뇌를 포함한 신체의 발달을 가져온다. 그러나 정신, 인격, 성격을 형성하는 것은 무엇인가? 같은 집에서, 같은 부모 밑에서, 같은 경제적·사회적·교육적·오락적 환경에서 성장한 형제자매가 어떻게 그렇게 다를 수 있는지 한 번 설명해 보라. 신비한 일이기는 하지만, 바로 그렇기 때문에 그 과정이 그만큼 더 매혹적인 것이다.

　세월이 흐른 뒤 나는 어린 시절 나의 경험이 자연환경을 이루는 대상들로부터 매우 깊은 영향을 받았다는 사실을 깨닫게 되었다. 이 대상들은 나의 감각과 정신에 지속적인 자극을 주었다. 어린 시절 나는 그들의 존재를 끌어안았으며, 그들의 안내를 받아 상상, 호기심, 백일몽, 경이, 경외의 내밀한 세계로 빠져들었다. 그들은 나에게 고독, 고요, 위안의 느낌을 주었다. 그들은 어린 시절 나의 친교의 말 없는 주관자 역할을 했다.

　십 대 초반에 형 샤피크가 사회사와 지성사를 다루는 유명한 역사가 제임스 하비 로빈슨의 책을 한 권 주었다. 내용의 많은 부분은 그 나이에 소화하기 어려웠지만, 그 얇은 책에서 한 가지는 나에게 남았다. 일상생활에서 백일몽이 중요하다고 강조한 점이다. 성인이 되면서 나는 평소에 백일몽을 꾸는 것이 점점 어려워진다는 것을 알았다. 즉각적인 소통, 패스트푸드, 빠른 교통수단 등이 자리 잡으면서 모든 것이 점점 빨라지는 사회였기 때문이다.

　1970년대 초 우리 사회는 텔레비전 시대의 완전한 몰입 경험을 향해 나아가는 중이었다. 대부분의 아이들이 텔레비전을 일주일에 30시간 내지 40시간씩 보았다. 독서량이 줄면서 어휘도 감소했다. 그 뒤로 수십 년 동안 24시간 케이블 텔레비전, VCR, 가정용 컴퓨터 게임, 인터넷이 등장했다. 그 각각이 우리 아이들의 생활에 텔레비전 화면의 자리를 더 확고하게 고정시켰다. 그 시절 어디에선가 '신선한 공기 재단'에 관해 읽었던 기억이 난다. 뉴욕 시의 가난한 아이들에게 시골에서 여름 몇 주를 보낼 기회를 제공하는 프로그램이었다. 이 아이들 가운데 다수는 이때 처음으로 흙을 밟고 걸어 보았다! 갓 베어 낸 풀이나 건초 냄새도 처음 맡아 보았다. 몇몇 아이는 텔레비전에서 나오는 것이 아닌 진짜 석양을 처음 보았다. 오늘날에도 어디를 가나 아이들은 그와 비슷하게 자연과 접할 기회를 박탈당하고 있다. 이런 아이들은 기업체들이 제공하는 감각적 가상현실로 이루어진 세계에 눈, 귀, 입맛을 포함한 모든 감각이 길들여진 채 성장한다. 인간의 역사에서 이들 세대만큼 자연의 일상적 흐름과 박자에서 멀어진 세대는 찾아보기 힘들다.

나의 유년은 이와 얼마나 달랐는지! 나는 자연의 혜택에 밀착하여 살았다. 가족이나 내 유년의 중요성을 생각할 때면 그 시절 내 상상력을 흔들었던 이 자연스러운 환경에서 나온 이미지들이 내 마음을 가득 채우곤 한다. 어른이 되어서 보니 작게 느껴졌지만, 어린 시절에는 아주 큰 세계였다. 자연에는 우리를 마법의 분위기로 끌어들이는 고유의 힘이 있었다. 나는 생생하게 기억한다.

❧

우선 소리가 있었다……

아이는 소리를 당연하게 받아들이지 않는다. 특히 보이지 않거나 신비한 것에서 나오는 자연의 소리는. 아무리 반복해서 들어도 그 음악성이 희미해지지 않는다.

　학교 운동장에서 어떤 노인이 나에게 동물이나 곤충 세계에서는 어떤 생물도 아무런 목적 없이 소리를 내지 않는다고 말해준 적이 있다. 어린 시절 나는 자연에서 나는 여러 소리를 구분하는 까다로운 문제를 혼자 풀어 보곤 했다. 마치 새를 관찰하는 사람들이 새소리를 구분하는 것처럼. 여름밤에는 들판, 덤불, 나무에서 흘러드는 그 커다란 불협화음에서 소리 가

닥들을 골라내는 것이 거의 불가능했다. 소리의 제전에 참가한 생물이 너무 많았기 때문이다. 그러나 가만히 귀를 기울이고 있으면 새와 귀뚜라미가 서로 이야기를 나누는 소리가 들렸다. 나는 심지어 반딧불이나 개똥벌레가 내는 소리도 들으려고 했다. 물론 그 벌레들은 불가사의한 빛 속에서 아무 소리도 내지 않았지만.

어떤 소리들은 들어 넘기기가 어려웠다. 이웃집 개들이 짖는 소리는 한 번도 즐겁게 느낀 적이 없다. 집에서 길들여져 신경증에 걸린 개들은 끊임없이 낑낑대는 소리로 야생의 소리를 방해하곤 했다. 그러나 가장 다급하게 느껴지던 소리, 귀에 맴돌며 떠나지 않던 소리는 고양이가 짝짓기할 때 내는 높은 비명 소리였다. 누가 나에게 새와 벌에 관해 설명해 주기 전에도, 나는 이 수고양이들이 뭘 하는지 알았다. 나는 그 소리 때문에 며칠 밤을 깨어 있곤 했다. 그것보다는 원시의 숲과 들판의 소리가 훨씬 좋았다. 특히 산과 골짜기를 휘저으며 나무를 비틀고 키 큰 풀을 눕히면서 으르렁거리는 긴 바람 소리가 좋았다.

내 귀에 진실하게 울려 퍼지던 다른 노래들도 있었다. 도시

외곽의 언덕에서 소가 우는 소리를 들을 때마다 곧 낙농장의
일꾼들이 신선한 우유를 배달할 것이라는 생각이 떠올랐다.
근처 좁거나 넓은 개울이 물을 튀기며 졸졸 흘러가는 소리는
수천 년 동안 계속된 것처럼 느껴졌다. 흐르는 물가에 앉아 기
다리다 여기서 물고기를 보고 저기서 올챙이나 개구리를 보노
라면, 어린 나의 인내심이라는 것이 그 영원의 물살에 비추어
너무도 하잘것없게 느껴졌다.

※

그리고 단풍나무가 있었다……

우리 집으로 오르는 층계 바로 앞에는 웅장한 단풍나무가 서
있었다. 키가 20미터가 넘었다. 가지는 내 방 창문 앞까지 뻗
어 있었다. 이 가지들은 나의 뚜렷한 사계였고, 나의 야생의
동물원이었고, 나의 신비의 숲이었다. 그 모든 것을 한데 합친
것이었다. 봄이면 싹이 터서 금세 잎이 무성해져 다람쥐들이
마음껏 기어오르고 뛰어다녔다. 그 안에는 온갖 새가 머물렀
다. 오만한 까마귀, 친절한 박새, 당당한 어치, 어머니처럼 푸

근한 울새, 빈틈없는 딱따구리, 자주 찾아오는 참새, 심지어 가끔 홍관조까지. 나는 이런 새들이 작고 가는 가지 위를 훌쩍 뛰어다니는 모습을 지켜보며, 그들이 서로 부르는 소리의 의미에 호기심을 느꼈다. 감정을 토해 내듯이 우는 까마귀들은 영역을 둘러싼 집요한 싸움으로 잠을 깨우곤 했다. 너무 시끄러울 때면 창문을 쾅 닫아 버렸다.

뉴잉글랜드에 가을이 오면 잎은 눈부신 색으로 변했다. 잎이 떨어지면 도로, 잔디, 보도에 아름다운 잎이 양탄자처럼 덮였다. 나는 발목 깊이의 낙엽 밭을 걸어 다니며, 파삭파삭하고 향기로운 잎을 공중으로 차 올리거나 가장 아름다운 잎을 골라 교과서 갈피에 꽂곤 했다. 우리 거리에는 커다란 단풍나무가 가득했다. 그래서 가을이 되면 도로 양편의 나무가 서로 뒤얽혀 거리 높이 찬란한 색조의 지붕이 만들어지곤 했다. 지금도 낙엽이 발에 밟혀 부서지거나 바스락거리는 소리가 들리면 계절의 밀물과 썰물에 밀접하게 연결되어 있던 그 시절에 대한 노스탤지어가 피어오른다.

그러나 몇 주 뒤 첫눈이 내리고 난 다음 날 새벽 나무껍질에 젖은 눈송이가 달라붙었을 때 이 단풍나무가 보여 주는 아름다움에 비길 것은 없었다. 겨울의 단풍나무는 바람의 교향곡을 위한 소리의 터널이 되었다. 바람은 단풍나무를 지나가며 퍼덕거리거나 휘파람 소리를 내고, 으르렁거리거나 비명을 질렀다. 단풍나무는 자연의 힘들을 이용해 내 어린 귀에 오케스트라를 연주해 주었다. 단풍나무는 아주 강하고도 깊게 뿌리를 내리고 있어 겨울바람이나 허리케인이 불어와도 노출된 잔가지 몇 개밖에 꺾어 가지 못했다. 우리는 이 나무에 이름을 붙인 적이 없다. 그럼에도 이 나무는 나에게 인격체나 다름없었다. 나는 침대에서 이 문밖의 동무와 함께 누워 내가 상상하는 수많은 신비를 나무에 갖다 붙였다. 열한 살 때 우리는 더 가까워졌다. 내가 키가 크고 튼튼해져서 나무의 가장 낮고 단단한 가지에 매달려 앞뒤로 몸을 흔들 수 있었기 때문이다. 이듬해 키가 훨씬 컸을 때 나는 이 거인의 몸을 타고 하늘을 향해 점점 높이 올라가는 법을 배웠다. 어머니는 밑에 서서 중력의 법칙을 존중하라고 가르쳤다.

⅄

그리고 과실수들이 있었다……

단풍나무는 내 유년의 풍경에 있던 많은 나무들 가운데 가장 큰 나무일 뿐이었다. 우리 마당의 녹색 사과나무는 올라가기도 쉬웠고 앉기도 쉬웠다. 그러나 이 사과들은 압착기에 들어갈 운명이었다. 온통 벌레가 먹었기 때문이다. 당시에는 먹을 만한 사과가 몇 알밖에 없었다. 하지만 드물었기 때문에 그 나름의 매력이 있었다. 먹을 만한 사과를 찾아내는 것은 아주 기쁜 일이었다. 찾아내기가 힘들었기 때문에 그만큼 더 맛있었다.

우리 부엌에서 몇 걸음 떨어져 있던 배나무는 달랐다. 이것은 올라갈 나무가 아니었다. 이 나무에는 더 중요한 임무가 있었다. 그것은 매년 맛있는 배를 꾸준히 생산하는 것이었다. 지금도 손에 닿는 가지에서 따거나 땅에서 주운 배의 맛이 입 안에 느껴진다. 겨울이면 어머니는 나무에서 푸짐하게 거둔 배 가운데 먹고 남은 것으로 만든 잼을 맛보게 해 주었다. 이것은 자연이 주는 사탕 과자로 약간의 해와 비만 있으면 얻을 수 있었으며, 사라지기 전까지 약 40년 동안 멋진 과일을 생산했다. 뉴욕 양키스의 어린 팬으로서 나는 이 나무를 우리 팀의 "오래되고 충실한 벗"이자 찬스에 강한 일루 수비수 토미 헨리치에 비유했다.

　우리 집에는 심지어 콩코드 포도나무도 있었다. 소출은 변덕스러웠다. 포도가 익었을 때 그 큰 자주색 포도는 즙이 아주 많기도 하고 시기도 했다. 먹는 것보다는 보는 것이 훨씬 좋았다.

✗

그리고 밭이 있었다……

거리 뒤의 넓은 들판 옆에는 우리 밭이 있었다. 부모는 뉴잉글랜드의 그 돌 많은 땅에 다양한 야채를 심었다. 돌이 셀 수도 없이 많았다. 나는 그 사실을 뼈저리게 느낄 수밖에 없었다. 토마토, 상추, 오이, 강낭콩, 대황, 무, 파슬리, 호박을 심을 자리를 마련하려고 돌을 치우는 것이 내가 할 일의 하나였기 때문이다. 그래서 나는 넓은 밭이나 과수원을 돌보는 농부 가족

을 존경하게 되었다. 우리 거실만 한 크기의 땅을 건사하는 데
도 얼마나 많은 노동이 들어가는지 잘 알았기 때문이다.

아홉 살인가 열 살 되던 해 여름, 눈에 보이지 않는 수수께끼
의 동물이 우리 밭의 상추를 무척 좋아했다. 나는 어떤 잡식성
동물이 우리 작물을 습격하는지 망을 보는 일을 맡게 되었다.
곧 나는 토끼 한 마리가 우리의 작은 밭에서 행복하게 상추를
씹는 모습을 발견했다. 나는 토끼를 추적했다. 토끼는 달아났
고, 나는 손에 큰 돌멩이를 들고 폴짝폴짝 뛰며 토끼를 쫓기
시작했다. 마침내 토끼를 따라잡았을 때 우리 밭을 침범한 이
초식 동물은 갑자기 얼어붙더니 겁먹은 눈으로 우뚝한 추적자
를 바라보았다. 나는 공중으로 돌을 들어 올리고 1미터 정도밖
에 안 떨어진 토끼를 겨누었다. 그러고 몇 초 동안 가만히 서
있었다. 뛰어왔기 때문에 숨이 가빴다. 손은 머리 위에 정지해
있었다. 나는 토끼의 크게 뜬 눈을 보았다. 그리고 그 눈의 주
인인 웅크린 토끼를 보았다. 왠지 돌을 던질 수가 없었다.

마침내 나는 돌을 내려놓고 몸을 돌렸다. 토끼는 잽싸게 움
직이더니 깡충깡충 뛰어 멀어졌다. 내 마음속에서 어떤 일이
일어났는지 설명할 수가 없었다. 눈을 감은 채 죽은 토끼의 모

습과 어떤 관련이 있다는 것밖에. 지금 그 순간을 돌이켜 보니
그때 나는 내가 결코 사냥꾼이 될 수 없다는 사실을 깨달았던
것 같다. 어쩌면 그 무렵부터 안전, 건강, 보전에 대한 관심이
싹텄는지도 모르겠다. 지금도 후회하지 않는 그날, 나는 나 자
신에 관해 뭔가를 배웠다. 무엇보다도 입을 오물거리며 주린
배를 채우는 토끼를 죽이지 않고도 상추 밭을 보호할 방법이
있다는 것을 알았다.

✿

그리고 바위가 있었다……

어린 시절 내가 사귄 친구가 모두 마당에 있었던 것은 아니다.
몇 분만 걸어가면, 어울리지 않는 곳에 바위가 하나 있었다.
이 바위는 그 뒤로 내 마음속에 "바위" 하면 가장 먼저 떠오르
는 이미지가 되었다.

　나는 네 살 때 그 바위를 발견하고 바로 마음이 끌렸다. 바
위는 19세기 말에 윈스테드를 포함하는 큰 도시인 윈체스터
의 군인 기념관이 자리한 널찍한 터로 옮겨 왔다. 남북 전쟁

때 죽은 수십 명을 포함한 삼백 명의 군인을 추모하는 이 기념관은 지역의 자선 사업가가 기부한, 언덕 꼭대기의 8천여 제곱미터에 이르는 넓은 부지에 지은 20미터 높이의 3층짜리 당당한 고딕리바이벌 양식 구조물이었다.

바위는 기념관을 둘러싼 원형의 흙길 옆에 있었다. 군인 기념관으로 달려 올라가 바위 위에 앉아 어머니가 준 샌드위치나 사과를 먹은 일이 몇 번인지 헤아릴 수도 없다. 바위는 높이가 1미터 조금 넘고, 폭도 그 정도 되었다. 그러나 네 살짜리한테는 실제보다 훨씬 커 보였다. 그래도 바위 옆면으로 기어 올라가는 것은 어려운 일이 아니었으며, 꼭대기는 앉기에 편안했다. 나 말고도 온갖 종류의 벌레가 바위를 기어 올라왔다. 나는 벌레들의 움직임을 따라가 보곤했는데, 그 놀라운 다양성과 더불어 그들이 살아가는 방식을 눈여겨보았다. 맑은 저녁이면 바위에 올라가 별을 올려다보며, 넓은 우주에는 무엇이 있을지 궁금해했다. 맑고 서늘한 날이면, 바위를 끌어안고 온기를 느끼기도 했다.

열 살 때는 바위에 올라가 연을 날렸다. 줄은 수십 미터나 풀려 나갔고, 밝은 색 연은 상쾌한 바람을 타고 도시 동쪽의 숲과 집들 위로 높이 솟구쳤다. 가끔 연을 뜻대로 제어하지 못해, 줄이 손아귀에서 빠져나가거나 끊어지기도 했다. 그러나 최대한 높이 올린 다음에 안정을 시키고 나면, 줄을 쇠로 만든 고리—말과 마차를 타고 다니던 시절에 말의 고삐를 묶어 두려고 바위에 박아 놓은 것이다—에 묶어 두고 연이 하늘을 나는 것을 지켜보았다.

그렇다고 내가 이 오래된 바위에서 어떤 신비한, 애니미즘적인 특질을 찾았다는 것은 아니다. 그 말없는 견고함에서 그저 있을 곳, 쉴 곳, 놀 곳, 꿈을 꿀 곳을 찾았다는 것이다.

✼

그리고 숲이 있었다……

미국이 영국의 식민지였던 시절에 코네티컷 북서부의 숲은 거의 뚫고 들어갈 수 없는 곳으로 여겨졌다. 내가 어렸을 때도 이 숲은 아주 빽빽했다. 하지만 학교에 오갈 때마다 지나다니는 곳이었다. 혼자든 아니면 학교 친구 한두 명과 함께든, 그 숲까지 가는 것 자체가 즐거움이었다. 우리는 뒷문으로 나가,

계단을 올라가, 들판을 통과하여, 작은 도로 한 쌍을 가로질러, 기념관을 지나, 숲으로 뛰어들었다. 내리막길을 내려가, 낡은 돌담을 넘어, 작지만 흥미로운 동굴을 지나, 나무와 덤불을 통과하여, 마침내 센트럴 학교로 통하는 주택가 거리에 이르렀다. 진 곳, 마른 곳, 눈 더미, 나비, 새, 설치류, 자작나무, 키 큰 풀, 바위 턱, 좁은 길, 햇살, 질풍—이 모든 것을 통과하는 데 몇 분이 걸렸지만, 숲은 결코 지루하지 않았으며 늘 우리 마음을 빼앗았다. 그곳에는 언제든지 깎으면서 놀 수 있는 나뭇조각이 있고, 잔가지를 쳐내 지팡이로 만들 수 있는 죽은 가지가 있고, 나무들 사이로 높이 던질 수 있는 반질반질한 돌멩이가 있고, 깜짝 놀라게 하는 돌비늘이 있고, 우리 발소리를 듣고 주르르 미끄러지는 뱀이 있고, 숲의 비탈을 달려 내려오다가 껑충 뛰어내릴 수 있는 화강암 발판이 있었다. 숲을 걷는 것은 재미있었고, 어떤 해방감을 주었다. 눈이 쌓이면 약간 위험했기 때문에 학교 가는 길이 모험에 나선 길 같은 느낌을 주기도 했다.

그리고 들판이 있었다······

들판과 초원은 뛰노는 곳이었다. 풀밭에서는 뛰고, 도약하고, 미끄러지고, 구를 수 있었다. 그곳은 딱정벌레를 살피고, 메뚜기를 쫓고, 꽃 주위를 맴도는 뒝벌과 나비와 가루받이를 돕는 다른 곤충에 놀라고, 공중에 떠 있는 놀라운 벌새들을 물끄러미 바라보는 곳이었다. 초원은 빳빳한 풀잎을 뽑아 풀피리를 부는 곳이었다. 개미와 개밋둑을 발견하고, 가까이 다가가 개미가 먹이나 쓰러진 친구를 땅속으로 물고 가는 모습을 살피면서 그들의 놀랍고 이타적인 일처리에 감탄하는 곳이었다. 개미는 어떤 방해를 받아도 절대 단념하지 않는 것 같았다. 일곱 살의 나이였음에도 나는 그 놀라운 사실을 눈여겨보았던 것 같다.

랠프 월도 에머슨(Ralph Waldo Emerson. 1803~1882. 미국의 시인)은 잡초를 아직 장점이 발견되지 않은 식물이라고 정의한 적이 있다. 제초제 회사나 잔디를 돌봐 주는 회사가 등장하기 전인 그 시절에 실제로 우리는 풀과 잡초를 구별하지 않았다. 내 눈에는 민들레도 다른 꽃들, 데이지, 노랑데이지, 원추리, 천남성과 마찬가지로 아름다워 보였다. 유행이야 어떻든 상관없었다. 나는 이런 꽃들의 꽃잎과 줄기를 살폈으며, 그 꽃에 다가가 열중해서 바쁘게 일하는 곤충도 살폈다.

❧

그리고 호수가 있었다……

우리 집 옆에는 호수가 두 개 있었다. 사람들이 자주 놀러 가는 하일랜드 호수, 그리고 훨씬 높은 곳에 있는, 그보다 작은 크기의 크리스털 호수였다. 크리스털 호수는 우리가 마시는 귀중한 물이 저장된 곳으로, 보기만 할 뿐 낚시나 수영은 할 수 없었다. 시 관리들은 이 호수를 가능한 한 맑게 유지하려고 노력했다. 그러나 하일랜드 호수는 달랐다. 이곳은 보트, 수영하는 사람들, 작은 별장, 주택으로 혼잡했다. 그 시절 어머니들은 소아마비를 두려워했다. 의사들은 아직 이 병이 어떻게 퍼지는지 정확하게 몰랐으며, 혼잡한 해변에는 아이들을 보내지 말라고 엄하게 경고했다. 그래서 호수에서 수영은 자주 못했지만, 가족과 함께 자동차를 타고 호수 주위를 돌곤 했다. 두 누나와 형과 함께 둘레가 10킬로미터쯤 되는 호숫가를 잠깐씩 산책하기도 했다. 어린 시절 내가 가장 흥미를 느꼈던 곳은 방수로였다. 이 호수는 두 지점에서 물이 도로로 흘러넘쳐, 500미터 정도 아래 있는 매드 강의 급류로 폭포처럼 떨어졌다. 아버지는 그 흘러넘치는 물을 뚫고 운전을 하곤 했다. 나는 자동차가 물살을 일으키며 지나가는 5초 동안 마치 짧은 대양 항해를 하는 듯한 기분을 맛보았다.

어릴 때는 정말이지 모든 게 커 보이는 법이다.

↓

그리고 강이 있었다······

우리 도시의 계곡을 흐르며 교차하는 두 강, 스틸 강과 매드 강은 서로 다른 의미에서 골치가 아픈 강이었다. 미쳤다는 뜻의 어울리는 이름이 붙은 매드 강은 오랫동안 몇 번이나 우리의 메인 스트리트를 파괴한 주범이었다. 그러나 수십 년 동안 강변에 있는 여러 도시와 공장들의 하수를 대량으로 받아 내기도 했다. 스틸 강 또한 강변의 방직 공장이나 다른 공장에서 나오는 다양한 화학 폐기물로 부글부글 끓어, 가끔 어설픈 무지개처럼 보이기도 했다.

　그러다 보니 두 강에서는 낚시나 수영을 할 수 없었고, 강둑에서 피크닉을 할 수도 없었다. 그곳과 상류의 산업체들이 오래전부터 강을 차지하고 하수구와 쓰레기장으로 사용하는 바람에, 몇 세대의 윈스테드 시민이 동맥과 같은 물줄기를 빼앗긴 셈이었다. 그러나 당시에는 시민 대부분이 강이란 원래 일차적으로 쓰레기를 받아들이는 곳이라고 생각했다. 그래서 강을 빼앗겼다고 느끼는 사람은 거의 없었다. 강이 없었으면 애초에 그곳에 공장을 짓지도 않았을 것이라는 이야기도 했다. 더 심각했던 것은 강이 이미 공업 폐기물로 오염되어 있는 상황이라, 시 정부가 굳이 시의 하수를 따로 처리할 생각을 하지 않았다는 것이다. 환경 운동이 일어나고, "이봐, 이건 우리 강이야" 하는 외침이 나오기까지는 많은 세월이 흘러야 했다.

　우리는 아직 배워야 할 것이 많았다.

그리고 눈이 있었다……

내가 눈이라고 하면 폭설을 뜻한다. 한 번에 50센티미터, 70센티미터씩 쌓이는 눈 말이다. 때로는 이미 쌓인 눈 위에 그 정도가 쌓이기도 했다. 지금도 소용돌이치는 눈보라가 귀, 목, 코에 느껴진다(나는 모자, 장갑, 목도리 같은 것을 싫어했다). 우리는 소리를 지르며 용감하게 거대한 눈 더미로 뛰어들곤 했다. 또 보도, 층계, 진입로의 눈을 치우느라 끝도 없이 삽질을 해야 했다. 완만하든 가파르든 비탈을 내려갈 때는 썰매를 탔다. 하지만 우리가 "대점프"라고 부르던 것과 비교할 만한 놀이는 없었다. 군인 기념관의 정문에는 돌로 지은 구조물이 있었는데, 마치 체스의 룩을 거대하게 확대해 놓은 듯한 모양이었다. 아마 높이가 4, 5미터쯤 되었을 것이다. 하지만 눈이 계속 쌓여 2미터 정도 높이가 되면, 그 꼭대기로 올라가 쌓인 눈 위로 뛰어내릴 수 있었다. 그러면 우리의 작은 몸은 떨어지는 힘으로 깊은 구멍을 파며 눈 속으로 거의 사라지다시피 했다. 우리는 구멍에서 기어 나와 몇 번이고 놀이를 반복했다. 우리에게 눈은 절대 피해야 할 것이 아니었다. 눈은 감상하고, 싸우고, 씨름할 대상, 미끄러지고, 뛰어들고, 다른 형상을 빚는 데 이용할 대상이었다.

　뉴잉글랜드의 학교들은 좀처럼 휴교를 하지 않았다. 아주 먼 곳에서 오는 소수를 제외하면 대부분은 걸어서 학교에 다녔다. 날씨가 어떻든 간에 우리는 견디어 내야 했다. 요즘에는 싸락눈이 5, 6센티미터만 쌓여도 도시나 교외의 학교들이 대개 문을 닫는다. 하지만 내가 어렸을 때는 눈이 많이 와도 우리는 최선을 다해 할 일을 해야 했다. 아이들은 눈 더미를 헤치고 학교에 가는 것을 두려워하지 않았으며, 의무감이 강한 어른들은 삽을 들고 나와 보도—당시에는 보도를 지금보다 많이 이용했다—의 눈을 치웠다. 그것은 자존심의 문제였다.

그리고 별이 있었다……

오늘날 도시의 하늘에서는 별이 사라져 버렸다. 오염, 네온사인, 가로등이 삼켜 버린 것이다. 그러나 1940년대 초 윈스테

드의 언덕에서는 어렵지 않게 선명하게 빛나는 많은 별을 확
인할 수 있었다. 북극성, 북두칠성, 작은곰자리는 일 년 내내
볼 수 있는 별이었다.

　나에게 별은 공상, 소망, 경이의 대상이었다. 그 광대함에
경외감을 느꼈으며, 그 아득한 미지의 세계에 등골이 서늘해
지기도 했다. 별이 일으키는 감정 때문에 마음이 들뜨곤 했다.
아마 많은 사람들이 위대한 음악에 감동을 받을 때 똑같은 기
분을 느낄 것이다. 바위에 누워 있을 때면, 또는 우리 집 베란
다에 누워 반쯤 잠들어 있을 때면, 또는 그냥 풀밭에 서 있기
만 해도, 별들이 나를 압도하는 것 같았다. '저게 별일까 행성
일까? 얼마나 멀리 있을까? 저기에도 사람이 살까? 정말로 어
마어마한 속도로 공전을 하거나 움직일까? 혹시 지구와 충돌
할 수도 있지 않을까?' 별을 보고 있으면 내 주위의 모든 것
이 녹아 버리는 것 같았다. 너무 어려서 말로 표현은 못했지
만, 무한이라는 관념에, 우주의 궁극적 비밀에 이미 매혹을 느
끼고 있었다. 그런 관념들은 현실이었다. 리모컨으로 켜거나
끌 수 있는 것이 아니었다. 나를 실재하는 자연으로부터 멀리
떨어뜨려 놓는 스크린이 아니었다.

　이런 식으로 산 것—전자적인 화면과 번쩍거리는 광고의 불협화음이 아니라 자연에 묻혀 산 것—이 중요한 의미가 있었을까?

　코네티컷 주 북서부에서 성장한 작은 소년에게는 분명히 중요한 의미가 있었다.

~

물론 이런 풍경을 나 혼자 본 것은 아니다. 사실 나는 집안의 막내였기 때문에 자연의 경이를 맨 마지막에 깨닫기도 했다. 그러나 우리 가족의 품, 그리고 막내라는 자리 덕분에 나에게는 이점이 많았다. 나는 우리 부모 로즈와 나스라, 형 샤피크, 두 누나 클레어와 로라가 걸어간 길을 따르고 있었다. 줄의 맨 마지막에 서 있었기 때문에 놀림도 많이 당했다. 하지만 어떻게 된 일인지 그럴수록 나보다 나이가 많은 사람들의 말에 더 귀를 기울이고 더 민감하게 반응했다.

　아버지는 1912년 열아홉 살의 나이에 기선을 타고 미국으로 왔다. 호주머니에는 달랑 20달러가 있었다. 하지만 자신의 능력에 자신감이 있었으며, 열심히 일할 마음이 있었다. 첫 일

자리는 디트로이트에서 얻었다. 자동차 공장에서 삯일을 했다. 다음에는 매사추세츠 주 로렌스의 커다란 방직 공장으로 옮겼다. 역사적인 노동 운동의 분출이 이루어지고 나서 얼마 안 지난 시기였다. 그다음에는 뉴저지 주 뉴어크로 옮겨 갔다. 그 활발한 다인종의 용광로에서는 식료품점들을 상대하는 작은 도매상에서 일을 했다. 아버지는 언젠가 자신의 사업을 시작할 생각이었으며, 마침내 코네티컷 주 댄베리에 식료품점을 열었다. 하지만 아버지는 더 작은 도시에서 살고 싶었다. 가족은 사람들이 서로를 다 알고, 혼란이나 분열과 거리가 먼, 안정적인 생활이 이루어지는 곳에서 사는 것이 좋다고 생각했기 때문이다.

아버지는 1920년대 초에 레바논으로 돌아갔다. 1925년 열아홉 살의 신부와 함께 코네티컷으로 돌아왔을 때, 아버지는 윈스테드를 품 안에 넣고 있는 윈체스터에서 자신이 원하던 바로 그런 곳을 찾았다. 윈체스터는 고대 그리스 인들이 제시했던 이상적인 작은 도시 국가 폴리스가 될 만한 작은 크기였다. 아버지는 윈스테드의 메인 스트리트에서 마음에 드는 건물을 발견했다. 위층은 숙소고 아래층은 점포인 건물이었다.

아버지는 위층 숙소에 세를 얻어 살기로 하고, 아래층에는 '하일랜드 스위트숍'이라는 가게를 열었다. 이 가게는 결국 커다란 식당과 빵집이 되었고, 이름은 '하일랜드 암스'로 바뀌었다.

어머니는 학교에 다닐 때 두각을 나타냈다. 졸업 후에는 곧 교사가 되어, 처음에는 고향에서, 이어 근처의 도시에서 학생을 가르쳤다. 이렇게 다른 도시로 갔다는 것 자체가 대단한 모험이었다. 당시에는 여자가 결혼 전에는 가족과 함께 살아야 한다는 생각이 지배적이었기 때문이다. 그 시절에는 마을의 학교 이사회에서 교사 채용 전에 지식을 공개적으로 시험했다. 어머니는 즐거운 표정으로 자신이 그 시험을 치른 일을 이야기하곤 했다. 교사가 된 지 몇 달 안 되어 인플루엔자가 공동체를 덮쳤고, 학생들 다수가 병에 걸렸다. 어머니는 사람들의 만류에도 불구하고 학생들의 가정을 방문했다. 어머니는 그때 자신이 병에 안 걸린 것은 매일 생마늘과 신선한 오렌지를 많이 먹었기 때문일 것이라고 말했다. 어머니는 이민을 와서 결혼 9년 동안 네 자녀를 낳았다. 그리고 어머니와, 공동체 지향적인 활동적 시민이라는 두 가지 역할을 하기 시작했다.

어머니의 장남 샤피크(아랍 어로 '동정심 많은 사람'이라는 뜻이
다)는 어린 시절부터 나이가 믿어지지 않을 정도로 지혜로웠
다. 샤피크는 가족에 대한 책임감이 강했다. 그는 지도를 손에
들고 윈스테드와 이웃 도시, 농장, 숲, 호수를 탐험하곤 했다.
샤피크는 또 동생들에게—우리의 행복, 교육, 전망에—지속적
인 관심을 갖는 특별한 형이자 오빠이기도 했다. 제2차 세계
대전이 터져 그가 해군에 입대했을 때 우리는 코치를 잃은 느
낌이었다. 형은 우리의 호기심과 모험의 근원이었고, 특별한
미래를 꿈꾸라고 가르친 사람이었기 때문이다.

클레어는 전형적인 큰누나였다. 어머니가 집안일이나 공동
체 일로 바쁠 때는 어머니를 대신해 내게 먹을 것을 챙겨 주고
보살펴 주었다. 이기심을 몰랐기 때문에 늘 다른 사람들에게
필요한 것이 없는지 살폈다. 전쟁 중에 우리는 달걀과 고기를
얻으려고 닭을 길렀다. 클레어는 닭 요리를 하기 전에 털을 뽑
는 것을 좋아하지 않았다. 아니, 끔찍하게 싫어했다. 하지만
생활에서 다른 기쁨을 찾아냈으며, 피아노 연주도 그 가운데
하나였다.

로라는 독립적인 개구쟁이였다. 두 살 때는 아무도 보지 않

을 때 몸부림을 쳐 유모차에서 빠져나가기도 했다. 어머니가 찾아냈을 때, 로라는 뒷마당에서 유난히 붙임성 좋은 검은 뱀과 차분하게 놀고 있었다. 로라는 달리기를 잘했으며, 매우 독립적이었다. 가족이 가 보지 않은 곳에 가는 것도 좋아했다. 또 잠자는 것, 피아노 레슨, 식당에서 큰오빠가 만들어 주는 바나나를 잘라 넣은 아이스크림도 좋아했다.

우리는 함께 멋지게 균형을 이루는 가족이었다. 함께 보내는 매 순간을 즐기고 거기서 유익을 얻으면서 서로를 풍부하게 해 주는 집단이었다. 자연 자체와 마찬가지로 가족에게도 목적이 있다. 구성원을 보호하고, 자식을 양육하고, 수를 늘려 세대에서 세대로 이어지며 생존하고 번창하는 것이 그 목적이다. 역사적으로 볼 때 가족은 전통이 전달되는 통로이기도 하다. 오래전 과거에는 전통이 더 큰 집단—부족, 씨족, 지파—에 의해 형성되고 강요되어, 위에서 아래로, 큰 집안에서 핵가족에게 서서히 흘러들었다. 이런 일은 사회적 제재를 통해 이루어지는 경우도 많았다. 가끔 폭력에 의지하기도 했다. 오늘날에는 첫 세대 이민자에 속하는 일부 대가족을 제외하면, 전통을 전달하는 일이 핵가족에게 맡겨진다. 그러나 부부 사이의 협력이 깨진 가족이 아주 많다. 사실 공동체의 강력한 지원이 없으면 가족은 혼자 버텨야 한다. 경제적 불안정과 장시간 노동에서부터 어디에서나 눈에 띄는 유년의 상업화에 이르기까지 모든 문제에 대처하면서, 동시에 쇄신과 위로의 기능도 수행해야 한다.

가족은 간단히 말해서 하나의 선물이다. 마치 시장에서 물건을 살 때처럼 가족이 수행하는 모든 기능에 값을 매겨서 구매한다면, 총비용이 국민 총생산보다 못하지 않을 것이다. 사실 가족 서비스를 시장에서 판매하는 것은 이미 큰 산업이 되었다. 따라서 제대로 기능하는 가족이 자녀들의 영적이고 물질적인 생활에서 수행하는, 눈에 잘 보이지 않는 비상업적 역할을 진지하게 생각할 때가 되었다. 그렇게 하지 않는다면 가족 서비스를 시장에서 판매하는 경향은 더 강화될 것이다. 물론 수많은 가족 서비스가 도움이 되기는 한다. 그러나 그것이 진짜를 대체할 수는 없다. 분유 구매가 모유라는 선물을 대체할 수 없는 것과 마찬가지다.

빠르게 움직이는 현대 사회에서 가족이 느끼는 외적인 압력이 커지면서, 자식을 보호하고 양육하는 능력, 아이들이 자신을 둘러싼 세계와 대면하도록 안내하는 능력은 반대로 약해져 간다. 그럼에도 나는 이런 흐름을 바꿀 수 있다고 믿는다. 우리 역사상 가장 비참했던 가족들―노예제의 야만적 억압에서 살아남은 가족들―도 한 세대에서 다음 세대로 자신의 전통을 전수하는 영웅적 사례를 많이 남겼다. 압제자들이 그것을 막기 위해 온갖 수단을 동원했을 때도 마찬가지다. 무시무시한 조건에서도 이렇게 탄력을 발휘한 사례들은 자식 양육에 의미를 부여하고, 또 그 과정에서 우리 주위의 세계와 연결되어 있다는 느낌을 얻고자 하는 인간의 본원적이고 보편적인 욕구를 증언한다.

　나 자신의 유년을 돌아보면 내가 얼마나 운이 좋았는지 깨닫게 된다. 무엇보다도 우리 부모가 그들 자신을 길러 냈던 가족의 과거를 기억했기 때문이다. 우리 부모가 자신이 자란 가족 안에서 목격했던 전통은 그들이 자식들에게 건강한 뿌리를 제공하는 데 중요한 틀 역할을 했다. 그들은 그 틀을 이용해 새로운 나라에서 자식들이 안정되고 방향이 잘 잡힌 삶을 준비하게 해 주었다. 그래서 이제부터 내가 어렸을 때 경험한, 그리고 지금도 기억하고 있는 우리 가족의 전통 몇 가지를 정리해 보고자 한다. 그렇다고 무슨 비법이나 처방을 제시하는 것은 아니다. 각자 스스로 생각하고 기억하는 데 자극이 되기를 바랄 뿐이다. 또 각자의 가족 안에 전해져 오는 교훈을 다시 생각해 보는 계기가 되기를 바랄 뿐이다. 그렇게 해서 가족 전통을 기억해 낸다면, 그것은, 이제 여러 세대의 시련을 거치며 형성되어 온 유서 깊은 지혜는 사라지고, 현대 생활의 유행, 기술, 처세서, 중독이 그 지혜를 대신하게 되었다는 생각에 도전장을 내밀게 될 것이다.

옷은 변할지 몰라도, 옷을 입는 사람은 변하지 않는다. 🌿

I

경청의 전통

The Seventeen Traditions

어머니가 팔십 대 중반이던 어느 날, 나는 어머니와 함께 비행기를 타고 캘리포니아로 가고 있었다. 우리 뒤에는 젊은 남자가 앉아 있었다. 남자는 비행기 문이 닫히기 전부터 옆에 앉은 사람들과 이야기를 시작하더니, 비행기가 이륙할 때도 계속 이야기를 했고, 비행기가 앨러게니 산지, 대평원, 로키 산맥, 비옥한 캘리포니아 계곡을 지나 샌프란시스코에 갈 때까지도 이야기하는 소리는 끊이지 않았다. 허겁지겁 식사를 할 때와 화장실에 갈 때를 빼놓고는 한 번도 말을 멈추지 않았다. 비행기가 착륙하자 어머니가 나를 보며 말했다.

"저 사람, 지난 다섯 시간 동안 별로 배운 게 없겠구나, 그렇지?"

'말하는 것보다 듣기를 많이 하고, 말하기 전에 생각해라.' 어머니는 우리가 말귀를 알아들을 만큼 나이가 들자 그렇게 말했다. 그 뒤로도 어머니는 이제 됐다고 판단할 때까지 오랫동안 그 말을 했다. 우리 부모의 눈에 다른 집 아이들은 말을 너무 많이 하는 것처럼 보였다. 그 말 가운데 많은 부분은 순전히 허튼소리나 짓궂은 농담으로, 어린아이의 왕성한 기운의 분출로 봐줄 수 없을 만큼 지나쳤다. 어머니 자신의 자식들에게는 그런 일이 있을 수 없었다. 어머니는 자식들에게 반드시 듣는 방법을 가르쳐야겠다고 결심했다. 우리의 규율을 잡으려는 것도 아니었고, 평화와 고요를 중요하게 생각해서도 아니었다. 그저 우리가 배우기를 바랐을 뿐이다.

겉으로 내세운 적은 없지만, 경청하는 방법을 배우는 것이야말로 우리의 어린 시절 교육에서 핵심적인 부분이었다. 어머니는 우리에게 끝도 없이 귀를 기울일 기회를 주었다. 우리의 쭉쭉 흡수해 들이는 정신에 역사, 통찰, 조언, 동네의 사건 소식, 어머니의 조상 이야기를 부어 넣었다. 어머니는 또 잔

다르크 이야기 같은 유명한 이야기를 여러 차례에 나누어 들려주기도 했다. 그런가 하면 기억을 되살려, 극적인 역사적 사건과 그것이 현재에 갖는 의미를 이야기하기도 했다.

어머니와 아버지는 모두 레바논의 민중 문화 속에서 성장했다. 라디오와 텔레비전의 시대가 오기 전이었고, 심지어 전기가 들어오기도 전이었다. 먼 곳에 사는 사람의 목소리가 거실이나 헤드폰으로 들어오지 않았다. 대신 그들은 두 군데서 소리를 들을 수 있었다. 하나는 다른 사람이고, 하나는 자연이었다. 물론 둘 다 근처에 있었다. 예를 들어 당나귀의 울음소리는 그들의 삶에 늘 존재했다. 당나귀는 어디에서나 터벅터벅 걸어 다니고, 주인만이 아니라 온갖 짐도 싣고 다녔다. 당나귀 이야기를 포함한 민간전승은 그들이 매일 흡수하는 이야기 유산의 일부였다. 귀를 기울여 듣지 않으면 어떻게 그런 농담을 기억하여 친구들에게 전하겠는가? 잊어버리면 당나귀 농담 웹 사이트 같은 것을 찾아볼 수 있는 것도 아니었다. 오로지 귀가 기억을 날카롭게 다듬어 주었다. 다른 대안이 없었기 때문이기도 했지만, 어쨌든 나의 부모 세대는 일상생활을 하면서 귀를 기울이는 능력을 훈련했다.

아버지의 듣기 강조는 방향이 약간 달랐다. 정치와 정의에 대한 관심에서 출발한 것이었다. 아버지는 직관을 거슬러 사물을 보는 태도나 회의적인 관찰의 중요성을 알았다. 아버지는 주어진 환경에서 소크라테스적인 질문을 하여 아버지 자신의 예를 따르도록 가르쳤다. 심지어 사소한 대화를 할 때도 우리가 귀를 기울이지 않을 수 없게 만들었다. 아버지의 말이 너무 재미있었기 때문이다. 아버지는 특히 돈과 자선의 문제에 신랄한 태도를 보여 주었다. 한번은 이렇게 말했다. "돈 버는 법을 아는 사람은 많지만 제대로 쓰는 법을 아는 사람은 드물어. 돈을 벌어 쌓아 놓은 뒤에는 어떻게 할 줄을 몰라. 그저 자손이나 망칠 뿐이지." 경청하는 방법을 배우는 것은 그 자체로 보람이 있는 일종의 규율이 되었다. 우리에게 귀를 기울이라고 해서 말을 억제하라고 요구하는 것은 아니었다. 우리는 여전히 말을 많이 했다. 우리 부모도 여전히 많이 들었다. 그러나 우리 네 자식이 대화를 압도하는 일은 전혀 없었다.

우리는 손님들이 거실에서 우리 부모와 이야기를 할 때도 귀를 기울이게 되었다. 학교에서도 귀를 기울이게 되었다. 그 덕분에 학교의 다른 친구들과는 달리 불안정하지 않았으며,

생각을 더 많이 하게 되었다. 우리는 저녁 라디오 방송 뉴스에
도 귀를 기울였다. 뉴스에서는 가끔 우리 가족과 관계가 깊은
이야기가 나오기도 했다—가장 기억에 남는 것은 1941년 12
월 7일의 진주만 공격이었다. 형 샤프가 징집 연령에 다가갔
기 때문이다. 또 우리는 타운미팅과 여타 공적인 회합의 열띤
토론에 귀를 기울이게 되었다. 지루해 안달하면서 부모가 당
면한 문제에 초점을 맞추지 못하게 방해를 하는 일은 없었다.

경청하는 습관은 나중에 차를 얻어 타고 수만 킬로미터를
돌아다닐 때 큰 도움이 되었다. 50년 전에는 차를 얻어 타는
것이 지금보다 훨씬 흔했고 또 안전했다. 어디서나 엄지손가
락을 들어 올리면 승용차나 트럭이 멈추곤 했다. 잠시 서로 소
개하는 말이 오가고 나면, 운전사들은 내가 여행의 피로를 풀
려고 잠이 들 것이라고 생각했다. 그러나 나는 모든 운전사가
그 나름의 분야에서 전문가라는 것을 알았다. 벽돌공이든, 교
사든, 정원사든, 공장 노동자든, 웨이터든, 영업 사원이든, 양
탄자 세탁부든 상관없었다. 나는 서두에 질문을 한두 개 던진
뒤 등을 뒤로 붙이고 열심히 귀를 기울였다. 그렇게 해서 각
운전사가 평생 익힌 기술이나 추구해 온 일에 관해 약간이나

마 알게 되었다. 유일하게 아쉬운 것은 일기장을 가지고 다니지 않아 이런 여행에서 들은 것을 적어 두지 못했다는 것이다. 그럼에도 그것은 무료 과외 공부나 다름없었다. 고등학교나 대학이나 로스쿨에 다니면서 일반적으로 만날 수 있는 사람들보다 훨씬 많은 사람들을 만나고 이해할 수 있었기 때문이다.

경청한다는 것이 반드시 입을 다문다는 뜻은 아니다. 나는 어렸을 때부터 잘 듣는다는 것은 대화를 이끄는 질문을 하고, 진정으로 배우고 싶은 것을 빼내기 위해 적당히 말을 던져 주는 것임을 깨달았다. 어렸을 때부터 이런 훈련을 한 덕분에 나는 인터뷰하는 기술을 익히게 되었으며, 이것은 평생 나에게 도움이 되었다. 또 강연이나 연설을 한 뒤에 오래, 또 종종 치열하게 이어지는 질의와 응답을 견딜 수 있는 인내력도 주었다. 그런 모임을 마치고 나면 어떤 기자들은 내가 '놀라운 지구력'을 보여 주었다고 쓰기도 했다. 그러나 나에게 이것은 결코 지구력의 문제가 아니었다. 다른 사람들이 어떤 의도로 이야기를 하는지 이해하려고 노력하면서 귀를 기울이는 가족의 전통이 맺은 열매일 뿐이었다.

우리는 나이가 들면서 우리와 의견이 다른 사람들의 주장에도 귀를 기울이고 반응하게 되었다. 특히 우리가 어렸을 때 어머니와 아버지는 쉬지 않고 말을 하면 정신이 새로운 정보를 받아들여 자신을 개선해 나가는 것을 막는다고 강조했다. 어머니는 우리에게 늘 마음을 열어 두라고 했다. 어머니는 이렇게 말하곤 했다. "말을 많이 할수록 할 말은 줄어들어. 반대로 많이 들을수록 네가 하는 말은 더 지혜로워지지." ⚘

2

가족 식탁의 전통

The Seventeen Traditions

한번은『월 스트리트 저널』에서 나의 어머니에 관한 이야기에 사설 전체를 할애한 적이 있다. 다른 신문에서 어머니가 가끔 우리한테 병아리콩—사탕 대신이라는 말을 하고 싶었던 것 같다—을 한 줌 쥐여 주어 학교에 보냈고, 생일 케이크에서 설탕으로 만든 당의를 벗겨 냈다는 기사를 실은 후,『월 스트리트 저널』은 어머니가 '청교도적' 태도를 드러냈다며 비난을 한 것이다. 어린 시절에 우리는 어머니의 태도에 이의를 제기하지 않았다. 사실 케이크에서 당의를 걷어 내는 일은 나중에 가족의 농담이 되었다. 그러나 어떤 괴상한 이유에서인지 어머니는 『월 스트리트 저널』의 완고한 반동적 인사들을 성나게 한 것이 분명했다. (어쩌면 나를 두고 불평할 소리가 바닥난 것인지도 모른다.)

어머니는 신문에 실린 그 장광설을 무척 재미있게 여겼다. 사실 어머니는 음식이라는 문제에 관해서 그 신문이나 그들의 지지자들보다 훨씬 앞서 있었다. 게다가 음식의 문제에서 정말 핵심적인 것은 음식이 아니었다. 어머니에게 가족 식탁은 보이는 것과 냄새와 맛의 결합체, 말과 가르침의 결합체, 건강과 문화와 아름다움과 역사와 자극과 기쁨의 결합체였다. 아버지에게 가족 식사는 우리에게 질문을 퍼붓는 시간이었다. 아버지는 우리가 이해하지 못할 수도 있다는 생각은 전혀 하지 않았다. 그래 역사에서 지도자 문제는 어떻게 생각하느냐? 아버지는 그렇게 묻곤 했다. 지도자들이 변화를 가져오는 거냐, 아니면 아래로부터 올라오는 압력을 반영할 뿐인 거냐? 또는 이런 질문. 베르사유 조약이 제1차 세계 대전 후 황폐해진 독일의 경제 상황에 어떤 영향을 준 거지? 우리 교육의 많은 부분은 윈스테드 집의 두 식료품실 사이에 끼여 있는 비좁은 부엌, 그곳에 놓인 우리 가족의 식탁에서 이루어졌다.

어머니는 자신의 직관과 판단으로 다양한 요리법을 만들어
냈다. 어머니의 선조들이 쓰던 방법이었다. 우리 식단은 다양
한 종류의 신선한 콩, 야채, 과일, 곡물, 양고기, 생선으로 이
루어졌다. 내가 좋아하던 요리는 샤이크 일 미슈이('속을 넣은
음식의 왕'이라는 뜻이다)였다. 이것은 다진 양고기, 잣, 양파를
넣고 구운 가지를 토마토와 곁들여 밥알이 길쭉한 밥에 얹고,
드레싱으로 버무린 샐러드와 함께 내놓는 요리였다. 어머니는
기름진 음식을 좋아하지 않았다. 핫도그는 한 번도 먹인 적이
없다. 나쁘다는 것을 알았기 때문이 아니라, 그 속에 뭐가 들
었는지 몰랐기 때문이다. 어머니는 건강에 좋은 소박한 음식
을 다양하게 차리는 것이 좋다고 믿었으며, 음식을 두고 소란
을 피우는 것을 좋아하지 않았고, 음식을 처음부터 준비했다.
가공한 고기나 곡물, 통조림은 쓰지 않았다는 뜻이다. 어머니
는 아침에 먹는 간유(윽!)에까지도 그 원칙을 고수했다―'모
든 것을 적당히!'

아랍 어에서 애정과 관련된 단어들은 음식의 세계에서 파생
되었다. "너는 얼마나 맛있는지 모르겠다." "정말 맛나구나."
"정말 연하네." 모두 부모가 자식에게 하는 말이다. 직역해서

들으면 웃기지만, 아랍 어에서 이런 말은 오래되었고, 흔히 쓰이고, 또 가슴에 와 닿는다. 어머니는 우리를 무척 사랑했음에도 어린 자식들에게는 한 번도 무엇을 먹고 싶으냐고 물어본 적이 없다. 왜 그랬을까? "어린아이들은 무엇이 자기한테 좋은지 모르기" 때문이다. 어머니는 우리가 자란 뒤에 그렇게 말했다.

"어린아이들은 자기가 먹는 것을 좋아할 필요가 없어. 그냥 먹어야 돼."

우리는 접시에 담긴 것을 모두 먹어야 했다.

"아이들은 밥을 안 먹으면 어른들이 자기에게 관심을 보인다는 것을 알고 나서부터 식탁에서 자꾸 소란을 피워 부모를 화나게 하지. 이럴 때 부모가 지면 안 돼. 지면 식사 시간에 번번이 소란이 일어나." 그러나 어머니는 아이들이 공정한 게임이라는 문제에 예민하다는 것도 잘 알았다. "부모도 아이들이 먹는 것과 똑같은 걸 먹어야 해. 이중 잣대는 없어야 해."

나는 비행기나 식당에서 부모가 어린 자식에게 뭘 먹고 싶냐, 뭘 마시고 싶냐고 묻는 장면을 볼 때마다 어머니의 말을 생각한다. 그런 질문에 최악의 답이 나오는 것을 우리 모두 보았을 것이다. "난 수프 싫어요." 또는 "싫어, 나는 당근 싫어!" 또 더 심한 경우에는 "아침에는 코카콜라를 마시고 싶다고 몇 번이나 말해야 해!" 물론 코카콜라가 아니라 컵케이크나 도넛인 경우도 있다. 많은 부모가 이런 주제넘은 거부를 단호하게 처리하지 못하는 것 같다. 아이들의 요구에 굴복하는 일이 너무 많은 것이다. 아동용 음식 마케팅 담당자들이 이런 아이들을 쥐고 흔들고 있고, 웬만한 설득으로는 그들의 통제력이 무너지지 않는 것처럼 보인다.

그나마 관심을 갖고 어떤 영양분이 몸에 좋다는 진부한 이야기를 입에 올리는 부모도 아이들이 몇 번 입을 모아 "왜요?" 하고 외치면 금방 두 손을 들고 만다. 아이들을 직접 겨냥하여 강도 높게 진행되는 현대의 대중적인 판매 촉진 광고는 주위 어른에 대한 아이들의 존경심을 약화시키고, 부모의 권위에 대한 감각을 흔들어 놓았다. 물론 우리 집의 가족 식탁에서도 이따금씩 저항이 터져 나오지 않은 것은 아니다. 결국 애들은 애들이니까. 하지만 어머니는 늘 대응 수단을 준비해 놓았다. 예를 들어 어머니는 우리가 역사에 관심이 많다는 것을 알았다. 그래서 비타민 C가 풍부한 음식을 앞에 두고 우리가 고개를 저으면, 옛날에 뱃사람들이 괴혈병으로 고생했지만 마침내 누군가 배에서 레몬을 빨아 먹으면 그 병이 낫는다는 사실을 알게 되었다는 이야기를 해 주었다. 또는 사막의 베두인 족은 대추야자나 무화과만 먹으면서도 오래 버틸 수 있다는 이야기도 해 주었다. 그러나 대부분의 경우 어머니는 우리한테 얼굴을 바짝 들이대고 강한 눈길로 우리 눈을 마주보며 우리의 "왜"에 대해 "너한테 좋으니까" 하는 말로 단호하게 대응했다. 물론 그 밑에 깔린 메시지는 이런 것이었다. "나는 너한테 영양을 공급하는 사람이니까 너한테 가장 좋은 것만 줘."

그래도 효과가 없으면 어머니는 바로 핵심으로 찌르고 들어왔다. "도대체 너희 혀는 왜 너희 심장이나 허파나 간이나 신장하고 싸우려는 거니?"

가족 식탁은 우리에게 예절과 존경을 가르치기에 이상적인 자리였다. 어머니는 바로 그런 목적을 위하여 음식과 관련된 격언이나 속담을 끝도 없이 이야기해 주었다. 어떤 것들은 간단한 시 같아 외우기도 쉬웠다. '배가 바다로 나가듯이 음식을 뜰 때는 안에서 밖으로.' 어떤 것들은 단지 식탁 예절에만

한정되지 않는 아랍 격언이었다. '입 안에 너무 많이 집어넣으면 삼키기가 어렵다'(아랍 어로 들으면 운율이 훨씬 살아난다). 어머니는 대놓고 우리를 야단치는 것을 좋아하지 않았다. 그렇게 했다면 우리는 무척 창피해했을 것이다. 어머니는 가끔 눈썹을 치켜세우는 것만으로도 큰 소리로 말하는 것과 다름없이 메시지를 전달했다. 우리는 그런 신호를 무시할 경우 어머니가 자신의 생각을 더 분명하게 밝힌다는 것을 알았다. 결국 우리는 손님이 음식을 먹기 전에 먼저 음식에 손을 대지 않고, 저녁 식탁에서 어른들을 공경하여 얌전하게 행동하게 되었다.

어머니는 음식의 여러 가지 면, 즉 맛이며 질감이며 향기며 겉모양에 주의를 기울였다. 어머니는 이런 속성들이 결국 음식의 "품격"을 이룬다고 생각했다. 어머니가 맛과 영양을 고르게 섞어 놓으면 우리는 차분해졌으며, 우리의 저녁 식탁을 장식하는 까다로운 대화나 이야기를 더 잘 받아들였다. 세월이 흐른 뒤 우리는 어머니를 설득하여 자식을 기르는 일과 가족에 관한 어머니의 생각을 글로 쓰게 했다. 거기에는 금쪽과 같은 아버지의 지혜와 통찰, 또 정선한 우리 어린 시절의 요리

법도 포함되었다. 나중에 이것은 『부엌에서 이루어진 일』이라
는 책으로 나왔다. 1991년 필 도너휴는 자신의 쇼에 어머니와
나를 초대하여 그 책에 관한 이야기를 나누었다. 우리는 스튜
디오의 방청객과 국민의 반응에 놀랐고 또 기분이 좋았다. 그
들은 구식이라고 할 수 있는 어머니의 느릿느릿한 속도, 평범
한 말, 여러 세대의 경험에서 탄생한 진정한 상식을 무척 좋아
했다. 그 책은 며칠 만에 5만 부가 팔렸다.

　전통과의 관련은 제2차 세계 대전 직후 어머니의 동생인 안
젤레 이모가 미국으로 이민을 오면서 더욱 강화되었다. 이모
는 어머니가 레바논을 떠난 이후 25년의 역사를 가져왔고, 코
네티컷의 우리 옆집에 살면서 그 역사를 우리에게 전해 주었
다. 이모가 그곳에 산 34년 동안 이모의 환대와 푸짐한 식탁
은 우리 생활의 또 하나의 중심이 되었다. 이모는 어머니와 마
찬가지로 아랍 어를 사랑하고, 또 아랍의 시, 노래, 격언을 좋
아했다. 이모는 결혼식이나 생일 같은 가족 행사가 있을 때면
시적 표현을 능란하게 구사하는 뛰어난 재능을 보여 주었으
며, 그 덕분에 우리는 언어의 아름다움을 감상할 수 있는 풍요
로운 기회를 누리게 되었다.

우리는 전국의 모든 가족이 우리와 똑같은 일, 즉 부모, 조부모, 증조부모의 이야기와 지혜가 영원히 사라지기 전에 모아 놓는 일을 할 수 있을 것이라는 생각이 들었다. 우리 사회는 "새로운" 것이 "더 낫다"는 강박감에 점점 빠져들면서, 이전 세대가 남긴 역사적 자원에는 거의 관심을 갖지 않는다. 나는 우리 가족의 경험으로부터 한 세대의 지혜를 다음 세대에 전달하는 일의 중요성을 인식하게 되었다. 그러나 디지털 기록 방식을 비롯한 다른 통신 기술이 급격히 늘고 있음에도, 오늘날 우리가 전달하는 지식의 양은 구전에만 의존했던 우리 부모 세대보다 훨씬 못하다. 우리는 사진과 비디오의 홍수에 잠겨서 살고 있다. 생일, 명절, 휴가의 모든 세속적인 순간을 포착한다. 그럼에도 이것은 그저 유쾌한 여흥에 불과하다. 진정한 관계의 표면만 긁어모으는 것이다.

레바논의 우리 외조부모를 회상하면 그런 생각이 들 수밖에 없다. 우리 형제에게는 그들의 사진이 몇 장밖에 없다. 그러나 우리가 그곳을 찾아가 함께 보낸 기억에 남을 만한 시간—그들의 작은 과수원과 밭에서 열매를 따고, 커다란 저녁 식탁 주위에서 함께 이야기를 나누던 시간—은 우리가 그들과 연결

되어 있고, 또 우리 서로가 연결되어 있다는 느낌을 우리에게
심어 주었다. 그리고 그 느낌은 지금도 변함이 없다.

3

건강의 전통

The Seventeen Traditions

학교 교육을 마치고 나서 오랜 세월이 지난 뒤 우리는 어머니한테 우리에게 건강을 가르치는 어려운 문제를 어떻게 처리했냐고 물었다. 아이들은 대부분 건강 문제를 심각하게 생각하지 않기 때문이다. "핵심적인 순간이 있었지." 어머니는 쇠가 뜨거울 때 때려야 한다는 것을 알았다. "너희가 아플 때 건강에 관한 교훈을 준 거야. 수두, 이하선염, 백일해, 홍역, 그런 걸로 고생할 때는 어린아이라도 그런 교훈을 잘 받아들이거든." 그러니까 우리가 어린 시절 병과 싸우느라 안간힘을 쓸 때, 어머니는 잘 먹고, 푹 쉬고, 운동을 하는 것이 중요하다고, 다시 말해서 "건강을 해치는 어리석은 일을 절대 하지 말라"고 가볍게 야단을 쳤고, 그 말은 귀에 쏙 들어와 박히게 되었던 것이다.

어렸을 때부터 자기 건강을 돌보아야 한다는 것은 어머니가 매우 강조하는 점이었다. "건강이 있으면 모든 걸 가진 거나 다름없어. 반대로 건강을 잃으면 모든 걸 잃는 거지." 어머니는 레바논에 살던 어린 시절에 건강과 관련된 비극을 많이 보았다. 건강을 돌보지 않으면 세월이 흐른 뒤 그 결과가 무시무시하게 나타난다는 것을 알았다. 그래서 건강 문제에서는 모험을 하지 말아야 한다고 믿었다. 게다가 우리는 항생제가 없던 시절에 성장했다. 당시에는 암보다 더 무서워하던 소아마비에 걸리는 것을 우리는 매우 두려워했기 때문에, 건강에 관한 어머니의 조언이 더 절실하게 다가오기도 했다. 우리는 식구라 해도 다른 사람의 컵으로 물을 마시는 것은 생각도 하지 못했다.

"입으로 설교하는 것을 실행에 옮기는 것보다 자신이 실행하는 것을 설교하는 게 나아." 어머니는 늘 그렇게 말했다. 또 실제로 그렇게 했다. 어머니는 우리가 먹는 것을 먹고, 우리와 함께 운동을 하고 공놀이를 했으며, 매일 반드시 휴식을 취했다. 주로 오후에 낮잠을 잤다. 물론 낮잠을 자도 좋을 만큼 열심히 일했다. 무릎을 꿇고 집안 청소를 했으며, 집안일이 끝나면 마당과 밭에서 일했다. 물론 우리도 보고 배웠다. 어머니와 함께 집안일을 나누어 한 것이다.

어머니는 직관적으로 의사한테 달려가야 할 때와 그렇지 않을 때를 판단했다. 또 우리 부모는 늘 우리 지역에서 어느 의사가 가장 유능한지 살피고 있었다. 친절하거나 매력적인 의사를 찾는 것이 아니라, 누가 공부를 계속하고 누가 중단했는지, 누가 질문을 반가워하고 누가 질문을 자신에 대한 불신으로 받아들이는지 살핀 것이다. 어머니가 찾아가는 일반 진료의는 닥터 로이 샌더슨이었다. 닥터 샌더슨은 스스로 자식들의 건강을 돌볼 만한 상식을 갖춘 부모와 자신이 특별히 관심을 기울여야 할 부모를 구별하는 것 같았다. 그가 우리 어머니를 어느 범주에 넣었을지 짐작이 갈 것이다.

아버지의 식당에는 바가 있어 술도 팔았지만, 우리 집에서 알코올은 절대 중요한 부분이 아니었다. 손님이 오면 와인을 대접하기도 하고, 아버지도 이따금씩 식사를 하면서 아랍 술

인 아라크를 반주로 곁들이기는 했지만, 그게 다였다. 형이 해
군에 입대했다가 휴가를 나오기 전까지는 냉장고에서 맥주를
본 기억이 없다. 흡연도 아버지만 빼고는 일반적으로 금기였
다. 아버지는 식당을 운영하면서 종종 담배를 입에 물었다. 하
지만 연기를 들이마시지는 않았다. 그저 담배를 피우는 친구
들을 즐겁게 해 주려는 것뿐이었다. 사실 아버지는 담배에 중
과세를 하는 것을 지지했으며, 의사들이 흡연 예방에 충분히
주의를 기울이지 않는다고 생각했다. "사회가 의사들을 지혜
롭게 활용하지 못해." 아버지는 그렇게 주장했다. 병을 치료
하라고만 할 뿐, 건강을 개선하거나 미래의 병을 예방하도록
돕는 일을 하라고는 안 한단 말이야. 의사들은 환자들이 건강
에 좋은 음식을 먹고 중독을 극복하도록 장려해야 해. 아버지
는 여러 번 그렇게 말했다. 아버지는 은퇴하는 순간 담배를 끊
었다.

　아버지가 우리에게 준 가장 큰 교훈은 일상생활에서 극단적
인 일을 피하는 것이었다. 예를 들어 아버지는 아무리 배가 고
파도, 어머니가 아무리 맛있게 음식을 준비해도, 절대 과식을
하지 않았다. 아버지는 추수 감사절 같은 때면, 훌륭한 식사와

망친 식사의 차이는 두세 숟가락 더 먹는 것이라고 말하곤 했다. 잠도 너무 많이 자지도 너무 적게 자지도 않았다. 너무 많이 걷지도 너무 적게 걷지도 않았고, 눈을 너무 빨리 치우려고 하지도 않았고, 차를 너무 빨리 몰려고 하지도 않았고, 힘을 너무 빨리 쓰려고 하지도 않았다. 아버지는 절제의 모범이었으며, 우리도 그런 모습을 보고 배우지 않을 수 없었다.

우리 부모에게는 건강을 돌보는 일의 중요성을 우리에게 알려주는 작은 방법들이 수없이 많았다. 심지어 우리 주위의 새와 다람쥐를 예로 들기도 했다. 그런 짐승들이 자신을 돌보는 모습을 보라는 것이다. 한번은 아버지가 이런 짐승들이 우리 동네의 무책임한 십 대들보다 자기 건강에 더 주의를 기울인다고 말을 하여 우리를 웃긴 적이 있다. 십 대 아이들은 거들먹거리고 다니면서 서로 이렇게 묻는 것 같다는 이야기였다. "어이! 나는 이렇게 내 건강을 망치고 있어. 너는 어떻게 망치냐?"

어머니와 아버지는 평생에 걸친 건강한 습관의 보답을 받아 아흔을 훨씬 넘겨서까지 살았다. 우리 부모는 늙는 것을 불평하는 이야기를 한 적이 없다. 완전한 자립이 어려워지자 편안

하고 품위 있게 우리 지원을 받아들였다. 그들에게나 우리에게나 이것이 순리였다. 🌿

4

역사의 전통

The Seventeen Traditions

부모가 늘 역사의 교훈을 강조했기 때문에 우리의 유년은
더욱 활기찼다. 그들은 과거에서 배우는 것이 현재를 이해하
고 미래를 만드는 데 핵심이라고 가르쳤다. 마치 어머니와 아
버지가 우리를 데리고 수많은 곳으로 여행을 다니는 것과 다
름없었다―세계로, 나라 전체로, 우리 지역으로, 우리 동네로.
우리는 역사의 영웅들의 이야기에 즐겁게 귀를 기울였다. 그
러나 그런 영웅들이 어느 편이었느냐의 문제보다는 그들의 행
동이나 말과 관련된 이야기가 더 재미있었다. 링컨의 지혜로
운 말들, 12세기에 유럽 십자군에게 승리를 거둔 살라딘의 무

용담, 프랑스와 영국의 통치자와 대항하여 싸운 아랍 애국자들의 해방의 목소리들, 벤저민 프랭클린의 소박한 이야기들, 그리고 오래전에 잊힌 몇몇 시인의 시가 그런 예였다. 어머니는 학교가 파한 뒤 우리가 집으로 달려오면 점심시간에 그런 이야기를 들려주었다—우리는 음식뿐 아니라 어머니가 연재해 주는 역사 이야기의 다음 편을 듣고 싶어서라도 달려오곤했다. 이렇게 이야기를 듣게 되니 스스로 더 읽고 싶은 욕구가 생겼다. 그래서 미국의 독립 전쟁이나 남북 전쟁과 관련된 역사 소설에서 칭기즈 칸의 이야기에 이르기까지 다양한 책을 읽었다.

우리가 각각 열한 살, 아홉 살, 일곱 살, 세 살이었을 때 어머니는 우리와 함께 1년 예정으로 레바논의 친정을 방문했다. 제2차 세계 대전 직전이었다. 아버지가 집에 남아 식당을 돌보는 동안, 우리는 역사 항해에 나선 셈이었다. 우리의 가족사를 찾는 항해인 동시에 조상의 고향의 역사를 찾는 항해였다. 우리는 바알베크의 고고학 유적지를 살펴보았으며, 오스만 제국, 그 뒤에는 프랑스의 식민 통치를 받은 레반트의 역사를 배웠다. 우리는 증조부 세대의 투쟁을 알게 되었으며, 관습, 신화, 축제, 음식, 유머, 종교의 문화사를 흡수했다. 우리는 역사를 지리로 보게 되었다. 역사는 우리 조상들의 도시와 마을과 계단식 밭에 그려져 있었으며, 감미로운 포도밭과 과수원과 아주 드문 작은 강들에 오랜 전승으로 기록되어 있었다. 사람들은 여전히 작은 강의 강둑에 앉아 음식과 이야기를 나누었다. 그들의 대화는 섬세하면서 은근했지만, 가끔 소란스러워지기도 했으며, 종종 회고로 가득 차기도 했다. 그럴 때면 과거에서 현재를 위한 통찰을 얻어 오곤 했다. 이곳에서는 동네에서 이루어지는 잡담의 화제도 범위가 아주 넓어, 그 전 시대의 식민주의나 항거 이야기가 끼어들곤 했다. 레바논에서는 심지어 한가한 수다쟁이들도 정치 이야기를 했다.

코네티컷에 돌아와서도 우리는 우리 지역의 역사에 비슷한 관심을 기울였다. 근처에 거대한 남북 전쟁 참전 용사 기념관이 서 있고, 모퉁이만 돌면 역사책과 자료가 가득한 훌륭한 도서관이 있었다. 결국 코네티컷 북서부의 우리 지역은 목장과 사과밭, 그 밖의 농장에 관한 이야기들과 그 많은 공장 이야기들, 커다란 자연재해, 홍수, 거대한 눈보라를 극복한 이야기들로 생생하게 살아나게 되었다. 당시는 위대한 미합중국 용광

로의 시대, 많은 이민자들이 미국인이 되려고 이곳으로 몰려
오던 시대였다.

오늘날에도 그렇지만, 초등학교나 고등학교에서 고향의 역
사를 가르치는 경우는 드물다. 우리는 그것을 주위의 노인들
에게 배웠다. 그들은 타운미팅이나 즉흥적으로 이루어진 길모
퉁이 집회에서, 샌드위치 가게나 술집에서 이야기를 해 주었
다. 혼잡한 보도와 동네 식당들—아버지의 식당도 포함해
서—은 이야기를 나누고 식사를 하는 장소였다. 그런 식당의
카운터나 칸막이 좌석은 오가며 대화를 나누기에 오늘날의 패
스트푸드 식당보다 훨씬 좋은 장소였다.

우리 지역의 역사를 아는 바람에 가끔 골치 아픈 일이 생기
기도 했다. 3학년 때 교사가 "비어즐리 공공 도서관" 이야기
를 할 때, 나는 반 아이들이 다 있는 데서 교사의 잘못을 바로
잡아 주었다. "프랭클린 선생님, 비어즐리 앤드 메모리얼 도서
관은 공공 도서관이 아니라 기념 도서관인데요." 우리 부모는
늘 자선의 중요성을 강조했다. 그래서 나는 우리 도서관이 19
세기에 부유한 비어즐리 가족과 다른 기증자들의 기부로 건설
되었음을 알고 있었던 것이다. 그러나 그렇게 나서는 바람에

나는 구석의 열등생 의자에 가서 앉아 있어야 했다. 이것은 나에게 귀중한 기억이다. 그러나 프랭클린 선생님의 의도대로 되었던 것은 아니다. 나는 이 과정에서 훈련에서 요구하는 복종과 비판적 교육 사이의 차이를 알게 되었다. 물론 그 당시에 그런 식으로 표현하지는 못했지만.

지역 일간 신문인 『윈스테드 이브닝 시티즌』도 지역 역사의 전달자 노릇을 했다. 나는 한동안 신문 배달 일을 하여, 어깨에 멘 배낭에 120부나 되는 무거운 신문 뭉치를 넣어 다니곤 했다. 물론 집집마다 배달하는 신문을 나 자신도 읽었으며, 그런 과정에서 이 도시에 지역민 대부분이 잘 모르는 곳이 많다는 사실에 놀라게 되었다. 어머니는 이 신문에 "자기 지역을 답사하기"라는 제목의 짧은 글을 쓴 적이 있는데, 거기에서 주민들에게 우리 지역의 공장, 학교, 시청, 농장, 저수지와 정수 시설, 강, 냇물, 호수와 숲, 군 법원과 지역 병원, 소방서와 지역의 경계표, 또 물론 윈체스터 역사 협회도 찾아가 보라고 권했다. 우리 지역 경제의 연료가 되는 다양한 산물—의류에서 시계, 핀에서 전기 장치와 가정 설비에 이르기까지—이 만들어지는 과정을 보기만 해도 대부분의 주민이 눈이 휘둥그레질 것이라는 이야기였다.

정치 소식에 대한 욕구가 끝이 없었던 아버지는 역사의 사건들을 인과 관계의 맥락에서 파악했다. 아버지가 보기에 전쟁, 비극, 선거는 그전에 존재하던 사회적·역사적 상황의 산물이었으며, 탐욕스러운 권력자들은 권력과 이윤을 곧바로 차지하고 싶은 나머지 그 결과를 무시하는 일이 많았다. 이런 생각 때문에 아버지는 기존의 거의 모든 정당의 노선과 대립하는 정치적 견해를 갖게 되었다. 아버지는 또 제3세계에서는 냉담하고 제국주의적인 기업 자본주의 때문에 공산주의의 호소력이 강해진다고 생각했다. 자본주의의 정치적 동맹자들은 제3세계의 독재를 뒷받침했으며, 매우 부유한 사람들이 나머지 주민을 억압한다는 것이었다. 아버지는 정부 공직자들이 품위 있는 생활을 하고 싶어 하는 노동자들의 욕망에 관하여 한 번이라도 생각해 본다면, "공산주의는 절대 성공할 수 없다"고 말하곤 했다. 아버지는 외국 지배자들의 통치를 받는 땅에서 태어났다. 레바논 학생들은 지배자들이 기록한 지배자 중심의 역사책을 공부해야만 했다. 그랬기 때문에 아버지는 역사란 자신의 이익에 따라 그것을 조작하는 자들이 쓰거나 수정하는 것이라고 믿게 되었다. 사람들이 콜럼버스가 미국을 발견했다고 말할 때마다 아버지는 웃음을 터뜨리며 말하곤 했다. "해안에서 콜럼버스를 맞이한 사람들이 콜럼버스보다 먼저 도착한 거 아니냐?"

아버지는 잔인한 독재자의 퇴진을 가속화하는 방법에 관하여 흥미로운 견해를 갖고 있었다. 평소처럼 아버지는 나에게 먼저 질문을 던졌다.

"왜 독재자들이 자발적으로 물러나지 않는 걸까? 자기 가족한테 권력을 물려줄 때를 빼고는 말이야."

"권력과 부와 아첨을 좋아하기 때문이죠."

그러면 아버지는 다른 이유를 제시하여 내 말을 반박했다. 그것은 공포였다. 독재자들은 군사적 방벽의 보호를 받지 못하면, 자신의 통치가 만들어 낸 수많은 적의 공격을 받게 된다. 오랫동안 잔혹하게 지배했기 때문에 훗날의 안전을 기약하기 어려워진다는 것이다.

하지만 그런 인물이 자리에서 물러나도록 유혹할 만한 것이 있었다. 아버지는 특이한 해법을 제시했다. "국제 사회가 전직 독재자들을 위한 은퇴용 섬을 만들면 어떨까?" 권력의 고삐를 놓는 대가로 남태평양이나 남인도양 어딘가에 있는 섬에서 안전한 삶을 보장해 주자는 것이었다. 그곳에서 독재자와 그 가족은 정원을 돌보거나 자서전을 쓸 수 있다. 특별한 상황이 아니면 여행은 금지된다. 외부 세계와 연락하는 일은 감시를 받는다. 대부분의 독재자가 이미 고령이기 때문에, 보복에 대한 항상적인 공포에서 벗어날 수 있는 기회라고 여기면 이러한 초대를 받아들일지도 모른다. 어쩌면 가장 중요한 것은 학자들이 이들에게 쉽게 다가가고 면담을 하여, 독재자들이 수백만 명을 대상으로 전체주의적 통치를 유지한 방식을 연구할 수 있다는 점일지도 모른다. 아버지는 인류가 미래의 독재 출현을 예방하는 데 이 점이 매우 중요하다고 보았다.

물론 아버지의 구상에 대해서는 온갖 질문을 제기할 수 있었다. 종종 살인을 일삼던 통치자들에게 낙원 같은 섬으로 망명할 기회를 주는 것을 과연 벌이라고 할 수 있는가? 안전은 어떻게 보장하는가? 시설을 유지하는 돈은 누가 내는가? 그러나 내가 이런 식으로 아버지의 "해법"에 흠집을 내려 할 때마다 아버지는 손을 휘휘 저으며, 비독재 국가들의 연합체가 적절한 권위를 부여한 기관이 전체적인 계획을 받아들이기만

하면 그런 세세한 부분은 어렵지 않게 풀어 나갈 수 있다고 주장했다. 아버지는 다시 일을 해야 한다면서 그쯤에서 대화를 끝내곤 했다. 물론 아버지의 생각을 두고 말은 쉽다고 비판할 수도 있겠지만, 어쨌든 그런 대화를 통해 우리는 특이한 방법으로 생각해 볼 기회를 얻게 되었다.

형 샤피크도 아버지처럼 역사에 관심이 많았다. 그것은 지리학에 대한 애정과 아귀가 맞았다. 샤프는 장소에 대한 감각을 가지는 것이 중요하다고 확신했다. 그런 확신이 강했기 때문에 미합중국 지질학 연구소에서 간행한 우리 군과 도시의 지도를 수집하여 둘둘 말아 책꽂이에 보관하고 있다가 답사를 나갈 때면 이용하곤 했다. 샤프는 미국 역사를 깊이 읽었으며, 아버지처럼 당의정으로 포장된 이야기의 속 내용을 짚어 내는 것을 좋아했다. 부모를 졸라 『미국 대백과』(1947년판)를 산 뒤의 어느 날 나를 한쪽으로 끌고 가더니 하와이에 관한 항목을 읽어 주었다. 이 항목은 19세기 말에 "외부의 영향" 때문에 "하와이 왕국"에 폭동이 일어났다고 막연하게 설명했다. "이 영향으로 마침내 1893년에 혁명이 일어나, 여왕 릴리우오칼라니가 폐위되고 임시 정부가 수립되었다. 이듬해 공화국이

들어서고 샌퍼드 B. 돌이 대통령에 취임했다. 공화국 법률로 표현된 하와이 국민의 요청에 따라, 또 1898년 7월 7일 승인된 미합중국 하원의 결의안에 따라, 하와이 제도는 1898년 8월 12일 미합중국에 공식 합병되었다."

샤프는 다 읽고 나서 나를 보았다. "사실은 어떻게 된 건지 알아? 돌 가족을 비롯한 대농장 주인들과 일부 선교사들이 토착 하와이 군주제를 뒤집으려고 쿠데타를 일으킨 거야. 이건 '국민의 요청'이 아니었어. 그냥 미합중국 해병대가 뒤를 봐준 제국주의적 침략이었지. 이 백과사전이 역사에 흰 칠을 하고 있는 거야." 나는 열세 살의 나이에 이것이 회의적 태도의 중요성을 알려 주는 귀중한 교훈임을 깨달았다. 유명한 백과사전에도 정치적 의도가 포함될 수 있음을 배운 것이다. 통찰력을 갖춘 우리 가족과 오랜 세월 이런 대화를 나눈 덕분에 나는 비판적 능력을 갈고닦은 상태에서 대학과 로스쿨에 들어갈 수 있었다. 🙼

5

검약의 전통

The Seventeen Traditions

우리 집에서는 낭비라면 질색을 했다. 중간 계급이었던 우리 부모는 상당한 소득이 있었음에도, 제2차 세계 대전 때 프랭클린 델러노 루스벨트가 호소한 희생을 뛰어넘는 수준의 절약 정책을 따랐다. 우리 부모는 배급이나 재활용 같은 전시 정책을 쉽게 받아들였다. 나아가 그것이 자식들에게 절약의 가치를 가르칠 기회라고 생각했다. 우리 부모는 빅토리 가든[2]을 가꾸고, 식량 배급 기간에는 닭을 쳤다. 전시에 아버지는 끈을 아끼는 오랜 습관을 계속 이어 갔다. 다시 사용하려고 공 모양으로 감아 두는 끈은 점점 커졌다. 아버지는 종이를 재활용했고, 차를 타는 대신 걸어 다녔다. 그 덕분에 더 필요할 때를 대비하여 가솔린 배급권을 모아 둘 수 있었다. 어머니는 식료품 주머니에서 자연이 주고자 하는 것보다 더 많은 것을 얻어 내는 것 같았다. 부엌을 운영하는 데 놀라운 상상력을 발휘했기 때문이다. 우리 부모는 겨울에 집 안의 실내 온도를 15도에서 18도 정도로 유지하여 난방용 기름을 아꼈다. 아버지는 석유 회사가 몇 푼 덜 벌어도 상관없다고 서슴없이 말하곤 했다. 우리가 검약 정신이 투철한 뉴잉글랜드 사람들과 더불어 산다는 것도 도움이 되었다.

우리도 어렸을 때부터 물건이 싼 곳을 찾는 버릇이 있었다. 우리는 신중하게 장을 보는 부모를 지켜보다가, 우리의 얼마 안 되는 용돈을 쓸 때가 오면 똑같이 따라서 했다. 물론 우리한테는 다른 아이들보다 유리한 점이 있었다. 아버지가 식당에서 아이스크림과 사탕을 팔았기 때문에, 그런 데는 돈을 쓸 일이 없었다는 것이다. 아버지는 아이스크림 기계의 주둥이를 열고 새로 혼합된 초콜릿 아이스크림이나 딸기 아이스크림(신선한 딸기로 만든 것이다)을 우리 접시에 담아 주었는데, 이 아이스크림의 향기와 맛은 지금도 기억이 난다.

우리 부모는 장난감에서부터 집 안에서 쓰는 물건에 이르기까지 뭔가를 사고 싶은 우리의 갈망을 통제하는 작은 방법들을 많이 가르쳐 주었다. 필요하지 않은 불은 꺼야 했다. 그러면 불이 들어왔을 때 전구가 더 밝다는 것이었다. 더 많이 쓴다고 돈을 더 내는 것이 아닌 경우에도 자원은 신중하게 사용해야 했다. 우리 시에서 공급하는 물은 풍부하고 쌌다. 물론 수돗물 청구서가 나왔지만, 당시에는 각 가정에서 사용하는 양을 재는 계량기가 없었다. 따라서 이를 닦으면서 물을 틀어 놓거나, 접시 한두 개를 닦는 데 물을 잔뜩 써도 요금은 똑같았다. 하지만 가족의 습관 때문에 그런 낭비는 피했다.

새로운 장난감은 특별한 날에만 생겼다. 그리고 대부분은 팽이, 크레용, 그림책, 퍼즐, 인형처럼 여러 번 사용할 수 있는 것들이었다. 오늘날의 가정에는 복잡한 데다 종종 폭력적인 전자 플라스틱 장난감들이 수십 개씩 넘쳐 나는 경우가 많다. 그래도 아이들은 곧 그런 장난감에 싫증을 내고 최신 업그레이드 제품이나 새로 유행하는 것을 또 사 달라고 조른다. 눈부신 광고와 저항할 수 없는 메시지들의 폭격 때문에 부모에게 사 달라고 떼를 쓰는 것이다. 결과는, 그것이 아이들의 행동이나 성격에 미치는 악영향은 말할 것도 없고, 눈사태처럼 불어 나는 물건들이다. 이것들은 곧 버려지거나 아니면 지하실, 다 락, 차고를 어지럽히게 된다.

우리 부모는 바로 그런 점 때문에 신중한 절약을 강조했다. 그래서 우리는 물건을 귀하게 여기고, 보존하게 되었다. 또 더, 더, 더 많은 것을 갖고자 하는 누를 수 없는 강박에 사로잡 히는 대신 우리가 이미 가진 것에 상상력을 결합하게 되었다. 우리는 검약의 전통 때문에 창조적이 되었다. 누이들은 자기 옷을 뜨개질하거나, 어머니와 함께 바느질을 하느라 바빴다. 이런 식으로 그들은 레바논에 있는 우리 이모들의 전통을 따 르게 되었다. 바느질이나 수를 놓는 이모들의 솜씨는 아주 뛰 어나 요즘 같았으면 의류와 천 디자인으로 상당한 돈을 모았 을 것이다. 절약은 풍요보다 시간을 훨씬 덜 잡아먹는다. 적게 소유하면, 결국 그 물건들이 자신을 소유하는 일을 막을 수 있 을 뿐 아니라, 마치 계속 나오는 배당금처럼 창조적인 일을 할 시간을 얻어 쓸 수 있다. 우리는 더 많다는 것이 사실은 더 적 은 것임을 배우게 되었다.

아버지는 1970년대에 은퇴했는데, 어느 날, 예전에는 "검소"니 "알뜰"이니 하는 말을 자주 들었는데 이제 그런 소리가 잘 들리지 않는다고 말했다. 절약을 비롯하여 그와 관련된 내 핍, 검소, 저축 등 여러 원칙이 한때는 미국이 공유하는 가치 체계의 일부였다. 물론 우리 가족의 정신적 틀의 일부이기도 했다. 그러나 오늘날 아이들은 그와 정반대되는 태도를 갖고 성장한다. 그와 함께 물질적인 것에 들어가는 노동에 대한 인식도 줄어든다. 그리고 이런 상태와 더불어 낭비하는 경제 체제, 낭비하는 기술, 휘발유를 벌컥벌컥 들이켜는 SUV, 고급 휴대 전화, 모든 일회용 생산물에 대한 관용이 자라난다.

이렇게 구조화된 낭비는 제조업체, 연료 및 전기 회사, 소매업자에게는 이윤을 안겨 줄지도 모른다. 그러나 아이들이 점점 미혹되어 더 많은 것을 요구함에 따라, 사용 후 곧바로 버리는 경제에 매년 더 많은 돈을 갖다 바쳐야 하는 가족들에게는 아무런 도움이 되지 않는다.

가정이 그렇게 가면, 나라도 그렇게 가기 마련이다. ⚜

6

자녀 평등의 전통

Seventeen Traditions

1991년 〈도나휴 쇼〉에 나갔을 때 필 도나휴는 어머니에게 아이들이 "우리 가운데 누가 가장 좋아요?" 하고 물으면 뭐라고 대답했느냐고 물었다. 어머니는 그럴 때 베두인 족 어머니들은 다음과 같이 대답한다고 말했다. "가장 멀리 있는 아이가 가까워질 때까지는 그 아이를 좋아하고, 가장 어린 아이가 클 때까지는 그 아이를 좋아하고, 병든 아이가 나을 때까지는 그 아이를 좋아한다." 다시 말해서, 상황에 따라 다르다는 것이다. 아이들은 주어진 조건에서 부모가 어떤 한 자식에게 특별 대우를 할 수도 있다는 것을 이해한다. 아이들이 받아들이

지 못하는 것—오랫동안 상처를 받는 것—은 부모가 반복해
서 편애를 하는 것이다. 이것은 자포자기, 만성적 슬픔, 자신
감 상실, 원한 등 끔찍한 결과를 낳을 수 있다.

레바논에서 여덟 자매 가운데 넷째로 자란 어머니는 어린
시절부터 모든 자식을 동등하게 대하는 것이 중요하다는 사실
을 배웠다. 레바논에서 여덟 번째 딸이 태어나자 외할아버지
의 이웃과 친구 몇 명이 아들은 없고 줄줄이 딸인 것을 위로하
러 왔다. 그러나 외할아버지는 그런 위로를 받아들이려 하지
않았다. 터키 커피나 과자를 대접하지도 않고, "물러가라, 쉬
이!" 하고 다정하게 외치며 그들을 쫓아 버렸다. 외할아버지
는 잠시라도 그런 아쉬움을 느껴 본 적이 없다. 외할아버지 부
부는 자식을 동등하게 대해야 한다고 강조했으며, 따라서 그
들에게는 딸이 여덟인 것이 아들이 여덟인 것이나 다름없는
축복이었다.

부모가 차별을 하면 아이들은 어릴 때부터 그것을 느낀다.
당연한 일이지만 이것은 어렸을 때 내가 가장 먼저 깨달은 것
가운데 하나다. 어머니는 네 자식 가운데 누구 하나가 다른 형
제보다 열등하거나 우월하다는 느낌을 주는 말이나 행동을 하

지 않으려고 각별히 노력했다. 내가 이것을 어떻게 알았을까? 간단하다. 어머니는 야단을 치든 칭찬을 하든, 절대 나를 누나나 형과 비교하지 않았다. 한 번도 어머니가 "저 애들은 얼마나 잘하는지 좀 봐라." 또는 "저 애는 너보다 훨씬 똑똑해."라고 말하는 것을 들어 본 적이 없다. 또 우리 가운데 누가 다른 형제보다 더 나은 능력이나 자격을 갖추었다는 생각에 기초해서 어떤 규칙을 정한 적도 없다. 유일한 예외는 나이였다. 어머니는 아랫사람이 윗사람에게 존경을 보여 주어야 한다고 강조했다. 어머니는 내가 나이 어린 아들로서 형이나 누나들에게 배우기를 간절히 바랐다. 형제들 간에 아는 것을 전해 주는 것이 자랄 때는 중요한 자원이 된다고 믿었기 때문이다. 게다가 어머니의 시간을 절약해 주는 면도 있었다. 어머니와 아버지는 심지어 여덟 살이던 형 샤프가 내 이름을 짓겠다고 했을 때도, 내가 형의 새 동무가 될 것이라며 반가워했다.

이런 평등한 대접은 일상의 사소한 일에까지 영향을 주었다. 그런 사소한 일들이 당연한 것이 되고, 정상적인 것이 되었다. 우리 가운데 누구도 이유 없이 다른 형제가 받지 못한 특별한 선물을 받는 일이 없었다. 마찬가지로, 이민자 가족에

서는 딸보다 아들이 대학에 더 많이 진학하던 시절이었음에
도, 아버지와 어머니는 우리 모두가 더 수준 높은 교육을 받기
를 바랐다. 누나 둘은 모두 박사 학위를 받았으며, 형과 나는
대학 졸업 후에 로스쿨에 진학했다.

이런 평등한 대접의 결과, 우리 자식들은 시샘이나 자기중
심적인 태도 없이 자랄 수 있었다. 어린 형제가 원하면 나이
든 형제가 도왔다. 아, 실제로 나에게 그런 도움이 간절히 필
요했던 때가 기억난다.

8학년을 마칠 때 나는 강당에 모인 수백 명의 부모와 친구
들 앞에서 연설을 해야 했다. 그런데 저녁의 행사를 몇 시간
앞두고 거실에 앉아 있을 때 극심한 무대 공포증이 찾아왔다.
나는 캘리포니아 주의 요세미티 국립공원을 만든 미국의 위대
한 자연 철학자 존 뮤어의 삶에 관해 이야기할 계획이었다. 그
무렵 해군에서 제대한 형 샤프가 다가와 무슨 일이냐고 물었
다. 내가 자초지종을 말하자 형은 소파의 옆자리에 앉아 내 어
깨에 팔을 둘렀다.

"너 스트라빈스키라고 들어 봤어?"

"누구?"

"이고리 스트라빈스키라고, 러시아 작곡가야. 〈봄의 제전〉을 작곡했지."

나는 호기심이 동해서 귀를 기울이기 시작했다. 형이 말을 이어 갔다.

"〈봄의 제전〉은 아주 특별한 곡이었어. 1913년에 파리에서 초연되었지. 청중은 많이 모였지만 아주 회의적인 분위기였어. 음악이 시작되고 나서 3, 4분이 지나자 사람들은 투덜대기 시작했지. 어떤 사람들은 큰 소리로 혐오감을 표시했어. 곧 야유가 쏟아졌고, 소리를 지르기도 했어. 몇 사람은 심지어 무대 위로 물건을 던지기도 했지. 일어나서 나가 버리는 사람도 있고 말이야. 오케스트라는 연주를 계속할 수 없었어. 자, 랠프, 네가 일어서서 급우들의 가족이나 친구나 이웃들 앞에서 존 뮤어의 업적을 이야기할 때, 과연 누가 불평을 할까? 아무도 너한테 뭐라고 하지 않을 거야. 야유를 하지도 않고, 소리를 지르지도 않고, 토마토를 던지지도 않을 거야. 물론 강당에서 나가는 사람도 없겠지. 그런데 뭐가 걱정이야?" 그러더니 형은 손으로 내 머리를 세차게 쓰다듬고는 방을 나갔다.

마침내 그날 저녁 연설을 하게 되었을 때 내가 초조했을까?

물론이다. 하지만 샤프가 옳았다. 야유도 조롱도 없었다. 청중은 모두 경청했고, 연설이 끝났을 때 연사는 안도했다.

그렇다고 우리가 늘 조화를 이루고 살았을까? 하루도 그랬던 적이 없다. 우리는 내내 말다툼을 하고 장난을 치고 서로 부추겼다. 그러나 우리 부모는 우리에게 서로 존중하라고 가르쳤고, 우리는 그렇게 했다—매일. 🍂

7

교육과 논쟁의 전통

The Seventeen Traditions

열 살쯤 되던 해 어느 날 학교를 마치고 집에 돌아왔다. 아버지는 나를 보더니 간단한 질문을 했다. "오늘은 뭘 배웠니, 랠프? 믿는 방법을 배웠니, 아니면 생각하는 방법을 배웠니?"

어떤 이유에서인지 그 질문이 청천벽력처럼 느껴졌다. 이후로 그 질문은 내게 늘 잣대이자 안내자 역할을 했다. 어른이되어서도 수없이 그 질문으로 돌아가 보았다. 이 새로운 운동이나 정치적 시도가 추상적인 말과 구호나 광고의 트릭을 이용해 우리에게 믿게 만들려는 것인가, 아니면 사실, 경험, 판단을 근거로 쟁점들을 생각해 보라고 권하는 것인가? 이것은 일상적인 대화에서 사람들의 설득 방식을 해석하는 데도 도움을 주었다. 이 사람이 자기 사고방식을 공유하려는 것인가, 아니면 단지 자신이 믿는 것을 주입하려는 것인가? 또 이것은 오랜 세월에 걸쳐 내가 마주친 수많은 주장의 약점을 찾아내는 데도 도움을 주었다. 라디오나 텔레비전에서 이루어지는 실시간 토론이건, 인쇄된 글로 이루어지는 더 생각이 깊은 토론이건 마찬가지였다.

그렇다고 믿음의 중요성을 무시한다는 것은 아니다. 사실 믿음이 없으면 우리의 일상생활을 이루는 원리나 윤리가 지탱될 수 없을 것이다. 아버지 말의 핵심은 사실 철저하게 생각을 해서 믿음에 이르자는 것이었다. 우리가 학교에서 받는 훈련은 대부분 믿어야 하는 것들에 관해서다. 우리가 진정한 교육을 받는 곳은 집인데, 그 교육은 생각과 더 관계가 깊다. 이런 조합에 문제는 없다. 이런 훈련과 교육이 모두 도움이 된다.

우선 우리 부모는 그 두 영역 사이에 분명한 경계를 설정하지 않았다. 우리 부모는 저녁을 먹으면서 그날 학교에서 어떻게 지냈는지 묻고, 사실과 관련된 질문을 하는 대신 광범하고 답이 분명치 않은 질문으로 우리가 뭘 배웠는지 확인하곤 했다. 한번은 어머니와 아버지, 두 누나와 함께 뒷마당에 나간 적이 있다. 어머니는 달걀 한 판이 얼마나 하는지, 사과 한 상자, 바나나 한 송이, 상추 한 봉지, 버터 한 개 등등은 얼마나 하는지 물었다. 우리는 답을 다 알았다. 우리는 식당, 그리고 그 전에는 식료품점을 하던 집 자식들로서 말하자면 선행 학습을 한 셈이었기 때문이다. 그러나 그런 질문들은 사실 그다음 질문을 위한 배경에 불과했다. 오늘 맑은 공기 값은 얼마지? 어머니는 그렇게 물었다. 햇빛은 어때? 시원한 바람은? 새소리와 나무 그늘은? 새로운 질문이 나올 때마다 우리는 아무런 대답을 하지 못했다. 대신 어머니가 하고자 하는 말을 가슴에 새겼다. 자연에서 매우 귀중한 그런 것들은 값이 없으며, 따라서 팔지도 않는다는 것이었다. 나중에 우리는 정의로운 사회를 이루는 요소들을 확보하는 것도 중요하다는 사실을 배웠다. 예를 들어 정치가, 선거, 심지어 교사들도 그런 요소였는데, 이런 것도 결코 팔지 않았다.

그런 대화는 비록 짧았지만 우리 정신의 날을 더 날카롭게 세웠으며, 학교에서 일반적으로 기계적으로 암기하는 것과는 수준이 달랐다. 하지만 이따금씩 우리 선생님들이 우리 부모의 교훈을 강화해 주기도 했다. 예를 들어 우리 부모는 늘 지금 할 일을 나중으로 미루지 말라고 주의를 주었다. 어느 날 나는 5학년 교실로 들어가다가 톰슨 선생님이 분필을 들고 칠판에 크고 굵은 글씨로 뭔가를 쓰는 것을 보았다.

잃어버린 것: 60초
그것을 찾으러 하지 마라,
이미 사라져 버렸으니까!

우아! 그것이 내가 5학년 때 배운 것 가운데 가장 기억에 남는 것이었다. 사실 6학년을 포함시켜도 마찬가지였다. 물론 이후에 나는 60초를 여러 번 잃어버렸고 다시 찾지 못했지만, 칠판에 적힌 그 말은 결코 나를 떠나지 않았다.

우리 부모는 집에서나 학교에서나 교육을 장려했다. 아버지가 윈스테드로 이사 온 데에는 학교와 도서관이 집에서 걸어서 불과 몇 분 거리에 있다는 것도 중요한 이유가 되었다. 결혼하기 전에 교사 일을 했던 어머니는 학교와 집의 거리가 멀어질수록 문제가 생길 가능성도 높아진다는 것을 잘 알았다.

또 어머니는 우리 선생님들과 가까이 있고 싶어 했다. 우리 부모는 설사 학교에 관해서 불평을 한다 해도, 그들의 관심의 초점은 항상 우리가 얼마나 발전하느냐, 선생님들은 우리의 학업을 어떻게 생각하느냐는 것이었다. 우리가 수업 시간에 주의를 기울이는가, 아니면 산만한가? 도움이 되는가 아니면 제멋대로인가? 우리 부모는 우리에게 지나친 압력을 가하지도 않았고, 우리를 꼼꼼히 감독하지도 않았다. 그러나 성적 이상의 것을 알려고 늘 관심을 기울였다. 아버지가 이렇게 말한 적이 있다. "아이들의 교육의 질에 관심을 기울이는 교육자가 거의 없는 한 가지 이유는 교육의 질을 높이는 데 돈이 너무 적게 들기 때문이야." 이 말의 뜻은 돈만으로는 교육의 질을 보장할 수 없다는 것이었다. 오직 교사들 스스로 깊은 관심을 쏟을 때만 교육은 나아질 수 있었다. (그때는 오늘날 이루어지는 다항 선택식 표준 시험이 교사들의 판단을 제한하여 그들에게 "시험을 위해 가르치도록" 강요하기 전이었다.)

비어즐리 앤드 메모리얼 도서관은 우리가 집에서 받는 교육적 격려의 완벽한 보완물이 되었다. 우리는 그 도서관을 모조리 삼키다시피 했다. 도서관에는 매혹적인 책들이 다양하게 준비되어 있었다. 곰팡내 나는 개가식 서고는 호기심을 자극했으며, 사서들은 큰 도움을 주었다. 한 번에 책을 세 권씩 빌릴 수 있었다. 우리는 그 책들을 거의 숭배하듯이 다루다가, 다 읽으면 갖다 주고 다시 세 권을 빌렸다. "독자들이 책을 얼마나 헐값에 얻는지 한번 생각해 봐라." 아버지는 그렇게 말한 적이 있다. "사람이 책 한 권을 쓰려면 몇 달, 몇 년이 걸려. 그런데 그 노력의 열매를 불과 몇 시간에 거두어들이잖아." 나는 서부에서 식민지를 확보하던 사람들(개척자라고 불렀다)과 인디언(우리의 존중받는 독립 선언서도 이들을 "야만인"이라고 불렀다) 사이의 투쟁에 관한 책을 좋아했다. 역사책, 지리책, 위대한 발명가(휘트니, 풀턴, 벨, 에디슨)와 탐험가들에 관한 책, 고대 그리스와 로마의 희곡, 미국의 전설적인 부정부패 폭로자들(링컨 스테펀스, 이다 타벨, 업턴 싱클레어, 조지 셀데스, 퍼디넌드 런버그)의 현대 고전도 좋아했다. 이런 책들은 선생님들이 읽으라고 권하는 것이 아니었다. 샤프는 스스로 이런 책을 모두 읽었다(열다섯 살에 타벨이 '스탠더드 오일'에 관해 쓴 책을 읽는 것은 쉬운 일이 아니다). 나도 형의 뒤를 따랐다. 학교 시간이 따로 있었고 도서관 시간이 따로 있었다. 고등학교에 진학한 후 작은 논문

을 쓸 자료를 찾거나 학급에서 맡은 과제를 하기 위해 도서관에
가기 전까지는, 그 두 시간이 늘 별개로 짝을 이루어 다녔다.

　우리는 새로 얻은 지식을 부담 없이 집에 펼쳐 놓았다. 어떤
저자의 글을 읽을 때 겪은 어려움도 마찬가지였다. 아버지는
다른 방향에서 사물을 보곤 했다. 우리가 집에 와서 어떤 작가
나 철학자를 이해하지 못하겠다고 말하면, 저자가 분명하게
쓰지 못한 것이 아니냐고 말했다. 우리를 위해 변명해 주는 것
이 아니었다. 우리 선생님들은 한 번도 그러지 않았지만, 아버
지가 보기에는 충분히 있을 수 있는 이야기를 하는 것뿐이었
다. 사실 변명은 어머니가 몹시 싫어하는 것이었다. 자식들의
못된 행동을 변명하려고만 하는 부모들을 보는 데 질렸기 때
문이다. 어머니는 늘 친구들에게 자식들을 위해 변명해 주지
말라고 충고했다. 변명해 주는 것은 아이에게서 스스로 나아
지려고 하는 인센티브를 빼앗는 것이나 다름없다고 생각했기
때문이다. 아버지는 이렇게 말하곤 했다. "가장 좋은 선생은
네가 최근에 저지른 실수야." 우리는 이 지혜를 마음에 새겼
다. 다른 아이들과 마찬가지로 우리도 실수를 많이 했으며, 따
라서 선생님을 많이 두게 되었다.

　우리가 읽은 책의 권수만으로는 절대 우리 부모에게 감명을 줄 수 없었다. 우리 부모는 우리가 페이지를 몇 장이나 넘겼냐보다, 그 페이지에서 무엇을 얻어 냈느냐에 관심을 가졌다. 그들은 하찮은 견주기나 유치한 학문적 허세를 무턱대고 귀여워해 주기에는 너무 바쁜 사람들이었다. 우리를 가르치는 문제에서 어머니는 설교하는 것보다는 간접적인 수단을 더 좋아했다. 그러나 필요할 때는 망설이지 않고 되받아쳤다. 우리가 지나치게 자신만만한 태도를 보이면 어머니는 이렇게 대꾸하곤 했다. "너는 천재인가 보구나. 이제 배우는 건 그만두기로 결정한 게 분명하니까 말이야."

　우리의 저녁 식탁은 국내와 국외의 사회적 정의 문제에 관한 토론장이 되곤 했다. 종종 우리 부모가 이런 토론에 불을 붙이곤 했으며, 우리는 보통 열심히 미끼를 물고, 토론할 만한 쟁점을 제기했다. 예를 들어, 노동조합은 임금에 관심을 기울이는 것만큼 소비자 물가에도 관심을 기울이는가? 이런 논쟁 가운데 어떤 주제는 계속 등장했다. 그중에서도 가장 자주 등장했던 것은 '부의 제한'에 기초한 정의로운 사회라는 아버지의 독특한 제안이었다.

아버지는 오랜 세월 미국 사회에서 탐욕과 필요 사이에 벌어지는 긴장이라는 문제와 씨름했다. 아버지는 이 문제를 해결하려고 제한된 부와 무제한 소득이 결합된 체계를 제안했다. 아버지의 제안에 따르면, 누구나 할 수 있는 만큼 많은 돈을 벌고 쓸 수 있었다. 그러나 저축으로 모은 돈이 1인당 백만 달러(1950년의 달러 가치로) 이상이 되면 합당한 주택 공제를 제외한 모든 돈에 세금을 매긴다. 아버지에게는 이것이 경제적인 인센티브와 경제적 정의 사이에 신중한 균형을 유지하는 합리적인 방법이었다. 그러면 아주 부유한 사람들은 자신의 돈을 공동체의 개선을 위해 기부하거나(사실 그들이 개인적으로 얼마나 많이 쓸 수 있겠는가?) 더 많은 사람에게 부를 확산하는 데 관심을 가지게 될 것이다. 이런 부 제한 계획은 정부 서비스의 자금을 충당하기 위한 누진적 판매세(가난한 계급들에게는 면제해 주고)와 더불어 사람들의 관심이 부의 축적으로부터 공동체의 관용으로 옮겨 가게 해 줄 터였다.

그 제안의 실제적인 장점이 무엇이든, 아버지의 생각에는 커다란 장점이 하나 있었다. 우리가 계속 토론을 하게 해 주었다는 점이다. 우리들은 오랜 세월에 걸쳐 아버지에게 상세한 내용을 따지고 들었다. 또 그 계획을 실현할 방법이나 계획이 실패할 수밖에 없는 이유를 이야기했다. 너무 이상주의적이지 않아요, 아버지? 우리는 그렇게 묻곤 했다. 부자들이 자기 재산을 해외로 빼돌려 세금을 피할 수 있지 않을까요? 그런 생각이 어떻게 의회를 통과하겠어요? 부의 제한이 공동체의 부활에는 어떻게 기여할까요? 그렇게 하면 사람들이 서로 더 따뜻한 감정을 갖게 될까요? 부잣집의 버릇없고 썩어 빠진 후손들은 줄겠네요, 틀림없어요. 그게 사람들의 투자를 늘릴까요? 저축은요? 개인이 공동체에 주는 것이 늘어나면 공공 소비는 얼마나 줄까요? 그 생각이 그렇게 논리적이라면, 왜 여태 정직한 정치가나 시민 단체가 채택하지 않았을까요? 그런데 부를 어떻게 정의하세요? 물론 현금 저축에만 한정하면 안 될 거예요. 토지, 건물, 증권, 채권을 포함해야 하니까요. 그런데 보석, 희귀한 수집품, 보험 증권은 어떻게 해요? 누진적인 판매세는 어떤 거예요?

아버지는 늘 우리 대답을 진지하게 받아들였고, 우리는 아버지의 대답에 새로운 질문으로 응수하곤 했다. 하지만 아버지는 늘 큰 그림에 초점을 맞추었다. 부의 공정한 분배가 이루어지는 경제일수록 더 번영하고, 시장도 커진다는 점을 역사가 보여 준다는 것이었다. 이런 경제가 단지 오늘만이 아니라 내일의 요구도 잘 처리하는 경향이 있었다. 예를 들자면 우리 자식이나 손자들에게 건강에 좋은 환경과 더 나은 미래를 물려줄 수 있었다. "지금 이 나라에서는 수백만 명이 가난하게 살고 있어. 따라서 부를 퍼뜨리거나 아니면 빈곤을 퍼뜨리거나 둘 중의 하나를 선택해야 해." 아버지는 그렇게 말하곤 했다.

돌이켜 보면 우리는 마치 쾌활한 법대 교수와 논쟁하는 것 같았다. 아버지는 이런 정신의 무도회에서 큰 기쁨을 맛보았다. 아버지의 '부의 제한'이라는 생각은 우리 사이에 끊임없이 이야기가 흐르게 하는 원천이었다. 마치 알라딘의 램프처럼 문지르기만 하면 교육적인 마법을 발휘했다. 아버지는 집에서만 이런 생각들을 제시하는 것이 아니었다. 일터든 어디든 토론이 가능하다고 생각하는 곳에서는 늘 토론 주제를 던졌다.

이렇게 궁금해하는 사람이 있을지도 모른다. 그러면 당신네 가족은 평범한 잡담은 하지 않았다는 말인가? 물론 많이 했다. 하지만 진지한 토론을 할 때는 그런 잡담을 밀어 놓았다.

집에서 우리는 모든 것에는 때와 장소가 있다고 생각했다. 어떻게 된 일인지 우리는 조금도 지루하지 않았다. 손님들이 찾아오면, 우리는 거실 한쪽의 바닥 깔개에 앉아 이야기에 귀를 기울였다. 간혹 가다 어떤 어른이 지나가면서 우리 이야기를 하는 경우가 있었지만, 어른들의 모임은 절대 십 대도 안 된 우리 아이들을 중심에 두지 않았다. 아이들은 보통 눈에 띄는 곳에 있어도 입을 열면 안 되었다. 반대로 우리 또한 손님들을 위해 연기를 하거나 멋을 부릴 필요가 없었다. 대신 우리는 여러 가지 세상사를 듣고 배웠다. 이런 모임을 돌아보면 대화가 늘 광범하고 정보가 풍부했다는 데 놀라곤 한다. 우리 부모와 친구들은 세상과 국내 사건들에 관한 정치적 의견, 참고할 만한 역사적 사실, 격언, 심지어 시까지 주고받았다.

이것이 우리의 '교육'이 진행되는 방식이었다. 학교 공부는 집에서 배우는 것에 의해 뒷받침되었으며, 그 역도 성립했다. 나는 한때 우표 수집에 깊이 빠져들었는데, 그것이 세계 여러 나라의 이름을 외우는 데 도움을 주었기 때문이다. 어느 때는 학교 수업에 깊은 관심을 가지기도 했는데, 그것은 기계적인 암기보다 자발적인 토론을 중시하는 특별한 선생님이 있었기 때문이다. 우리 선생님들 가운데 다수는 버몬트, 뉴햄프셔, 메인 출신이었으며, 자신의 소명을 매우 진지하게 받아들였다. 당시에는 앞서 나가는 학생들에게 자신이 원하는 강의를 듣게 하는 "영재" 교육이라는 범주가 없었다. 모든 학생이 같은 범주에 속했다. 돌이켜 보면 이것은 우리가 하나의 집단으로 사회화하는 데 더없이 큰 도움을 주었다. 그렇다고 열심히 하는 학생들에게 앞서 나갈 기회가 없는 것도 아니었다. (반면 학교 건물에는 장애 학생들을 위한 시설이 없었으며, 그래서 이런 학생들은 지역 공립학교를 다닐 수 없었다. 어떤 면에서 이 시기는 제도에 대한 기대가 낮았던 때이기도 하다.)

세월이 흐른 뒤, 어린 시절에 윈스테드에서 살았고 훗날 많은 상을 수상한 저널리스트 데이비드 핼버스탬이 『보스턴 글로브』에 이 선생님들에 관한 특집 기사를 썼다. 그러나 그의 글은 상대적으로 현대의 도시 학교들의 문제는 깊이 파고들지 않았다. 그 무렵 나는 도덕 교육에 관한 존 듀이의 글을 다시 읽고 있었다. '이거구나.' 싶었다. 이것이 우리 부모가 집에서 우리에게 주었던 것이구나. 학교에서는 사실들을 배웠다. 집에서 부모는 우리에게 '인격'을 가르쳤으며, 이것은 고대 그리

스의 철학자 헤라클레이토스가 '운명'이라고 부르던 것이었
다. 그들은 우리에게 '집에서 하는 공부'의 새로운 의미를 가
르쳐 준 셈이었다.

규율의 전통

The Seventeen Traditions

나와 우리 형제자매는 부모를 존경하면서 자랐다. 이런 존경은 우리 세대의 가족 전통에서 나온 것이기도 하지만, 그들이 매일 보여 주는 모범에서 생겨난 것이기도 했다. 물론 우리도 다른 아이들과 마찬가지로 짓궂은 짓도 했다. 그러나 그럴 때마다 그 결과를 감당해야 했다.

어머니와 아버지는 매우 정교하게 다듬어진 일련의 징계 방법을 사용했다. 우리는 일찍부터 이런 체계를 파악하고 조심하는 데 익숙해졌다. 징계는 갑작스러운 엄한 표정과 함께 시작되었다. 종종 그 표정만으로도 우리는 더 나아가기 전에 마음을 바꾸어 먹었다. 표정만으로 효과가 없을 때는 세 단계의 아랍식 징계 방식이 뒤따랐다. 가장 약한 것이 스쿠트 또는 스키티(남성이냐 여성이냐에 따라)였다. 그다음 단계는 시드 네야크 또는 시디 네이크였다. 세 번째 단계는 사크루 니쿤이었다. 대충 번역하자면 이것은 "입을 다물어라"의 여러 단계라고 할 수 있다. 이것도 효과가 없을 경우, 우리는 저녁 식탁을 떠나거나 구석의 재봉틀 옆에 가서 서 있으라는 말을 들어야 했다. 두 가지 벌을 동시에 받을 수도 있었다. 그것도 아니면 집안일을 하면서 자신의 잘못을 깨달아야 했다. 우리 부모는 때리는 일은 거의 없었다. 설사 때린다 해도 엉덩이를 가볍게 한 대 때리는 정도였다. 당시에도 지금과 마찬가지로 격분하여 통제력을 잃은 부모가 아이—심지어 아장아장 걷는 아이나 어린 아기까지도—를 붙들고 마구 흔들어 대거나 때리는 경우가 아주 많았다. 우리 부모는 그런 행동을 볼 때마다 경악했다.

그러나 우리 부모는 자신들의 명령이 집 안에서 통하는 것이 중요하다는 사실을 알았다. 어머니는 이런 말을 한 적이 있다. "부모가 규율을 세우지 못하면, 이 문제에 관해 우유부단하면, 자식들이 부모를 존경하지 않는다." 말을 바꾸면 야단을 치는 것만으로는 충분하지 않다는 것이다. 조금 뒤에 사과를 하고(암묵적으로라도) 아이에게 해롱거려 유야무야해 버린다면 아무 소용이 없다는 것이다. 아이들을 그런 식으로 상대하면 남의 행동을 조작하는 방법을 훈련시키는 것이나 다름없다. 우리 어머니는 이렇게 말했다. "아이들은 영리해. 부모를 지켜보고, 부모의 약점을 이용하지."

우리 부모는 우리에게 우리가 잘못한 것을 보여 주려 했다. 그렇게 하려고 전통적인 격언을 이용하기도 했다. 그들은 무궁무진한 격언을 기억하고 있었기 때문에 자유자재로 적당한 때에 그것을 구사했다. 풍부한 구전에서 나온 격언은 과거의 이미지를 이용하여 인간 행동의 모든 방식을 다시 구성해 주며, 이것은 현재와 미래 세대에게 큰 도움이 된다. 부모의 고향인 레바논 산골의 마을 사람들과 농민들은 이런 격언을 수백 개씩 알고 있었을 것이다. 우리 이모 아드마는 천 개 이상을 알았다. (잠깐 생각해 보라. "한 푼을 저축하면 한 푼을 번 것이다"라거나 "손안의 새 한 마리는 숲 속의 두 마리나 마찬가지다" 등 벤저민 프랭클린의 훈계 외에 당신이 지금 기억할 수 있는 격언이 몇 개나 되는가?)

일주일에 이레를 식당에서 일하던 아버지는 쉼 없이 격언을 사용했다. 실없는 말을 하는 자식에게는 이렇게 말하곤 했다 (아랍 어로). "말에서 농담이란 음식의 소금과 같지." 그러니까 지나치게 사용하지 말라는 뜻이었다. 할 일을 자꾸 미루는 아이에게 적당한 격언은 이런 것이었다. "그래, 노새야, 풀이 자랄 때까지 기다려라." 베푸는 것이 필요할 때는 이렇게 말했다. "빈손은 더러운 손이야." 그런 격언은 물론 훈계였다. 그러나 동시에 우리의 시야를 넓혀 주고 우리에게 가르침을 주기도 했다. "그만 해! 그만두라고 했잖아!"라든가 "그만, 안 그러면 후회하게 될 거야." 하고 날카로운 목소리로 소리를 질러 대고, 그래도 자식이 말을 안 들으면 더 소리를 지르는 것보다 훨씬 나은 것은 물론이었다. 아버지는 소크라테스의 방법론을 신봉했다. 자극적인 질문을 던지고 나서 시치미를 뚝 떼고 내버려 두었다. 한번은 식당에서 십 대 아이들이 모여 웃음을 터뜨리며 설탕 그릇에 후추를 쏟아 붓는 것을 보자 그 아이들에게 다가가 조용히 "왜 너희 부모를 욕먹이는 거냐?" 하며 설탕 그릇을 가져가기도 했다. 아버지는 아이들에게 당장 나가라고 말하는 대신 생각할 말을 던져 주고 자리를 떠 버린 것이다.

아버지와 어머니는 현대 사회에서 부모 자식 관계가 약화되는 것과 시장이 부모의 권위라는 개념을 위협하는 것에 민감하게 반응했다. 1930년대와 1940년대에도 어머니는 근심 많은 부모들이 자식을 무서워하는 것을 보았다. 규율을 잡자니 자식이 어떤 반응을 보일지 몰라 두려워하는 것이었다. 나이가 들면서 그런 두려움이 더 늘어나는 것을 보고 "미국인은 자식을 무서워해."라고 자주 말했다. 부모가 자신을 무서워한다는 것을 알게 된 자식은 부모를 통제하려 하고, 그 결과 부모라는 지주를 잃게 될 것이라는 게 어머니의 믿음이었다. 우리는 급우들이 자기 부모한테 심한 말을 하는 것을 보고 놀라곤 했다. 물론 우리라고 그런 감정의 폭발을 모르고 살았던 것은 아니다. 다만 우리 가족에게는 절대 넘지 말아야 할 선이 있음을 알았을 뿐이다. (우리는 나중에서야 그런 행동이 보이지 않는 곳에서 이루어지는 아동 학대의 결과로 나타나는 증상일 수도 있음을 깨달았다. 물론 우리가 아는 사람들은 남들이 보는 데서는 절대 자식들에게 잔인한 행동을 하지 않았다.)

우리는 부모와 충돌했을 때 우리의 입장을 밝힐 기회를 얻었을까? 흔하고 하찮은 상황에서는 그러지 못했지만, 중요한 문제를 둘러싸고 의미 있는 대립이 벌어졌을 때는 가능했다. 어머니는 이렇게 말한 적이 있다. "아이들이 자신의 입장을 나한테 설명하면, 가끔 아이들 말이 옳다는 걸 깨닫기도 했다. 하지만 나는 또 내 입장을 설명했다." 어머니는 자식이 왜 '안 된다'거나 '된다'는 말을 듣게 되는지 이해해야 한다고 믿었다. 어머니는 가치 있는 주제에 관한 좋은 논쟁은 중요하게 여겼다. 하지만 자식이 논쟁을 위한 논쟁을 하는 것은 허락해서는 안 된다고 믿었다.

우리가 십 대가 되자 부모는 가정 내의 작은 논쟁에서 우리와 주고받는 대화의 폭을 더 넓혀 주었다. 그리고 눈에 띄지 않는 방법으로 그들이 우리의 행복을 위해 열심히 노력하고 있으며, 자신들의 입장에는 오랜 세월 쌓인 지식이 스며 있다는 점을 우리에게 알려 주었다. 우리는 늘 그렇지는 않았지만, 긴가민가할 때는 대개 좋은 쪽으로 해석했다. 우리는 부모의 권위를 존중했으며, 우리 나이와 관계없이 절대 부모의 이름을 부르지 않았다. 그렇다고 부모에게 지나치게 의존적이었던 것은 아니다. 부모의 허세 없는 자신감이 우리의 자신감을 높여 주었을 뿐이다. 하지만 자신감이 자만심이 되면 이야기가 달라졌다. 그러면 우리 부모는 얼른 이렇게 대응했다. "그래 이제 모든 답을 얻었으니 앞으로 질문은 없겠네."

어머니와 아버지는 한 가지 점에서는 절대적으로 중요한 자기 규율을 보여 주었다. 그것은 둘 사이의 상호 관계였다. 어린 시절 우리는 이따금씩 부모가 마찰을 일으키는 것을 알았다. 그런 일이 벌어지면 집안 분위기가 바뀌는 것을 느낄 수 있었다. 하지만 그런 갈등이 우리가 있는 자리까지 넘보는 일은 결코 없었다. 그런 것을 보이면 자신들에 대한 우리의 존경심이 약해진다고 믿었기 때문이다. 두 사람은 자신들의 불화를 우리나 친구들에게 드러내지 않았다. 물론 그 불화란 것이 대개의 경우 일상생활에서 저절로 풀려 나가는 일반적인 긴장이기 때문이기도 했다. 그들에게는 자식들의 행복이 그들 사이의 사소한 불화보다 우선하는 문제였다. 이런 태도가 그들 사이에 남은 응어리를 푸는 용해제 역할을 했다.

우리는 친구네 집에 갔다가 친구 부모 사이에 신랄하고 독한 말이 오가는 것을 볼 때마다, 우리 부모가 보여 주는 상호적인 자기 존중이 얼마나 중요한 것인지 깨달았다. 가끔 주택

가의 거리를 걸을 때면 어떤 집에서 악을 쓰는 소리가 들리는 적도 있었다. 한번은 어머니 심부름을 하러 중심가를 걷는데 문이 활짝 열리더니 남편이 욕을 퍼부으며 달려 나오는 것이 보였다. 뒤에서는 부인이 욕설을 퍼부으며 작은 그릇과 물건을 던졌다. 그런 광경을 보다 보면 부모가 자신의 감정을 통제하려는 노력이 얼마나 귀중한지 깨닫게 되었다.

어머니는 이렇게 말하곤 했다. "어떤 문제를 크게 만들면 실제로 커지고 작게 만들면 실제로 작아지지." ⚜

9

소박한 즐거움의 전통

The Seventeen Traditions

스스로 한번 물어보라. 언제 가장 크게 또 가장 오래 웃었
는가? 밤에 텔레비전에서 시트콤이나 리얼리티 쇼나 코미디
를 볼 때였는가? 아니면 친구나 가족과 명랑하게 어울릴 때였
는가? 비교가 되지 않는다. 친구나 가족과 함께 있을 때 웃음
은 더 빨리 찾아오고 더 오래간다. 텔레비전 프로그램은 시장
이 주도하는 웃음 제조의 일부일 뿐이다. 반면 친구와 가족은
하나의 선물이다. 이들과 맺는 개인적 관계는 더 깊고, 더 진
실한 웃음을 준다.

우리는 소박한 즐거움을 누리는 환경에서 성장했다. 시장의

오락과는 대체로 분리되고, 거의 전적으로 가족의 오락이 주
도하는 환경이었다. 우리가 놀던 방법은 오늘날의 젊은이들이
보면 대책 없이 구식으로 보일지도 모르겠다. 요새 젊은이들
은 쉴 틈도 없이 빠르게 진행되는 상업적 오락에 익숙해져서
조금만 느려도 따분하다고 짜증을 부리니까. 이들의 오락은
비디오-오디오로 이루어진, 감각적이고 상품화된 세계다. 이
세계가 가정의 소박한 즐거움을 대체해 버렸다. 그 결과 소박
한 즐거움은 가장 매력이 적은 것이 되어, 아주 어린 아이나
즐기는 것이 되어 버렸다.

우리 도시에는 스트랜드라는 영화관이 있었다. 토요일에는
아이들을 위하여 낮에 영화를 틀었으며, 우리는 1년에 두어
번쯤 영화관에 갈 수 있었다. 우리가 그곳보다 자주 찾는 곳은
군인 기념관이었다. 더운 여름날이면 그곳에 가 돌에 앉아 엉
덩이에 서늘함을 느끼며 맛있는 샌드위치를 먹었다. 일요일
오후면 자전거를 타고 가로수가 늘어선 길을 따라 근처 콜브
룩이라는 마을까지 기분 좋게 달려갔다. 돌아오는 길에 긴 내
리막길을 달려 내려올 때 전율을 일으키던 바람을 지금도 잊
지 못한다. 화창한 날이면 동네의 보도에서 롤러스케이트를

탔다. 그러나 비가 온다고 해서 못 타는 것은 아니었다. 지하실로 내려가서 탈 수 있었기 때문이다. 심지어 밑바닥이 없는 사과 바구니를 층계에 갖다 놓고 농구를 하기도 했다.

우리의 일상생활은 이런 소박한 즐거움들로 가득했다. 몇 살이건, 1년 중 어느 때건 상관없었다. 밭에 가서 토마토나 호박이나 콩을 딴 다음 집으로 가져와서 저녁 준비를 돕다 보면 어린 나이에 뭔가 큰일에 참여한 듯하여 뿌듯함을 느낄 수 있었다. 오래된 사과나무를 오르는 것도 아주 재미있었다. 벌레 먹은 사과를 따면 잠시나마 달콤한 맛을 즐길 수 있었다. (아무도 우리한테 이 사과가 "유기농 사과"라고 말해 줄 필요가 없었다!) 어머니가 집에서 가루를 반죽하여 만든 과자의 향기가 오븐에서 부엌 식탁으로 흘러나오면 나도 모르게 입에서 침이 고이곤 했다.

겨울이 되면 화이트 크리스마스의 눈 밟기 놀이가 다가왔다. 성공회 교회로 심야 예배를 보러 갈 때도 그 놀이를 하곤 했다. 어머니는 우리를 밖으로 데리고 나가, 눈에 글자를 새겨 알파벳을 가르쳐 주곤 했다. 나이가 들면서 눈 오는 아침이면 썰매를 타고 학교에 갔다.

　부활절 시기가 되면 어머니는 달걀 수십 개에 양파 껍질을 넣고 삶아 짙은 붉은색으로 물들였다. 어머니가 그것을 감추어 놓으면 우리는 찾으러 돌아다녔다. 그런 다음에 '깨기 시합'에서 어떤 달걀이 견디는지 겨루었다. 소원을 빈 다음에 달걀을 다른 사람의 달걀에 대고 깨는 것이었다. 우리는 깨기 시합이 몇 주 동안 계속되기를 바랐다.

　여름은 재미있는 계절이었다. 우리 모두 바쁜 생활이 속도를 늦추는 이 시기를 고대했다. 어린 시절에는 아버지가 우리를 데리고 하일랜드 호수까지 갔다. 그곳에 가면 우리는 방수로를 따라 돌아다녔다. 그곳은 호수가 매드 강으로 흘러드는 골짜기의 물과 연결되는 곳이었다. 우리는 15센티미터 정도의 깊이로 흐르는 물을 따라 돌아다녔다. "와아!" 우리는 소리를 질렀다. "한 바퀴 더 돌아요, 아버지!" 그러면 아버지는 우리를 데리고 크리스털 호수로 갔다. 그곳은 목가적인 저수지였다. 그곳에 가면 우리는 일종의 경외심을 품고 물을 바라보았다. 우리 부모는 물이 귀하고 모래가 많은 중동 출신이었기 때문에 우리에게 감사하는 마음으로 풍부하고 맑은 물을 대하라고 가르쳤다.

한번은 어머니의 언니 아델레 이모와 그녀의 여섯 자녀와 함께 여름 방학을 보낸 적이 있다. 아델레 이모와 이모부 셀림은 캐나다의 토론토에 살았다. 여름이면 번갈아 서로를 방문해, 한 해는 코네티컷에서, 다음 해는 캐나다에서 보내곤 했다. 우리와 나이가 비슷한 사촌들은 또 한 무리의 형제자매 같았다. 이모와 이모부는 우리의 대리 부모인 셈이었다. 우리가 모이면 아이들의 수만 늘어나는 것이 아니라, 다양한 인격과 경험 때문에 상호 작용이 풍부하게 일어났다. 그들의 생활은 수많은 작은 부분에서 우리와 달랐다. 그들은 교복을 입는 반면 우리는 입지 않았다. 그들은 하키를 즐기는 반면 우리는 야구를 즐겼다. 그들은 영어 단어를 다르게 발음했다. 그런 차이들 때문에 우리는 몇 시간이고 재미있게 놀고 토론도 했다.

그런 여름이면 그다지 크지 않은 집에서 아이들 열 명이 바글거렸으나, 어머니들은 한 번도 일이 더 늘어났다고 불평하지 않았다. 심지어 특별히 피곤하다는 이야기도 하지 않았다. 나이가 많은 아이들은 조리와 청소를 도왔다. 아마 부모가 두 쌍 있는 것도 질서를 유지하는 데 도움이 되었을 것이다. 벌을 받거나 훈계를 들을 때면 우리는 우리 부모 앞에서처럼 이모

부부 앞에서도 귀를 기울이고 복종했다.

우리 집 이 층에는 방충망을 친 발코니가 있었는데, 여름에는 그곳에 침대를 서너 개 놓아 방으로 사용했다. 이 또한 우리 유년의 풍경에서 기억에 남는 무대였다. 누나 로라의 아이들에서 시작된 다음 세대의 아이들 또한 이 베란다에서 잘 기회를 언제나 환영했다. 그것을 최고의 대접으로 여겼다. 밤이면 귀뚜라미 소리가 들리고, 별과 달과 구름이 보였다. 우리는 이야기를 하고 야단법석을 떨고 웃음을 터뜨렸다. 그러는 동안 어머니와 이모는 아래층에서 어린 시절 이야기와 고향 소식을 주고받았다. 어머니 자매는 서로 놀리기도 했으며, 그럴 때마다 커다란 웃음소리가 창문을 타고 흘러들었다. 이따금씩 우리가 베란다에서 지나치게 난폭하게 굴면 아래층에서 어머니 자매 가운데 한 사람이 말하곤 했다. "그만 해라, 얘들아. 어서 자." 그러면 우리는 보통 잠잠해졌다. 하지만 늘 그랬던 것은 아니다. 그래도 우리가 계속 떠들면 어머니나 이모 가운데 한 사람이 올라와 우리 입을 다물게 했다.

어머니나 이모는 아이들 가운데 누가 되었든 마음대로 칭찬도 하고 야단도 쳤다. 이것은 우리 가족의 많은 전통을 강화하는 효과를 가져왔다. 우리가 우리 사이에 생긴 갈등을 해결하려고 그들에게 가면, 그들은 똑같이 어린 시절 함께 배운 격언 하나를 꺼내곤 했다. "너그러워서 손해 볼 일은 없어." 또는 "이야기를 다 듣기 전에는 판단하지 마." 또는 "누가 너한테 해를 끼쳐도 너는 좋게 대해 줘." 기억에 남을 만하게, 짧게, 다정하게 전달된 이런 충고들은 평생에 걸쳐 유용성이 증명되었다.

캐나다로 여행을 갈 때면, 우리는 보통 아델레 이모네를 따라 심코 호수나 쿠치칭 호수에 있는 오두막으로 갔다. 그러면 일과는 시내에 있을 때보다는 다양하지 않았다. 그러나 그곳에서 함께 보내는 몇 주 동안 자연과 조화를 이룰 수 있었다. 물과 가까이 있으니 오후면 오두막 바로 아래 있는 호숫가에 가서 수영을 하고, 보트를 타고, 낚시를 했다. 또 하이킹을 가고, 산딸기를 따고, 숲에서 술래잡기를 했다. 어머니 자매는 나이가 많은 아이에게 책임을 위임할 줄 알았다. 그래서 토론토에 있는 놀이 공원에 갈 때는 나이 든 사촌들에게 우리를 보살피는 일을 맡기곤 했다.

우리가 자라서 대학에 가자 이런 합동 여름휴가는 횟수가 줄어들었다. 그러나 우리 모두 그런 여름에 좋은 기억을 갖고 있었기 때문에, 1980년대에는 샤프가 계획을 짜서 조지언 베이에서 사촌 가족들과 몇 번 여름을 보내기도 했다. 그렇게 해서 새로운 세대의 아이들이 우리의 어린 시절에 큰 의미를 가졌던 환경에서 서로를 알아 갈 수 있었다.

하지만 이 모든 것 가운데도 내가 결코 물리지 않았던 상업적인 즐거움이 한 가지 있었음을 고백하지 않을 수 없다. 이 즐거움은 십 대가 되어서도 쭉 이어졌다. 그것은 이른 아침에 윈스테드에서 기차를 타고 노가턱 밸리를 내려가 뉴욕의 그랜드 센트럴 스테이션까지 간 다음, 거기서 지하철로 갈아타고 양키 스타디움으로 가서 내가 가장 좋아하는 야구팀이 상대팀, 특히 보스턴 레드 삭스를 박살 내는 시합을 구경하는 것이었다. 우리 도시는 딱 중간에서 둘로 나뉘어, 반은 양키 팬이었고 나머지 반은 레드 삭스 팬이었다. 나의 어린 시절 영웅이었던 '철인' 루 게릭은 그 무렵 '브롱크스의 폭격편대'[3]에서 은퇴했지만, 여전히 모든 사람이 그를 생생하게 기억하고 있었다. 특히 그의 비극적인 병 때문에 더 그랬다. 양키 스타디움에서 야구 시합을 보고 돌아올 때면 우리의 라이벌인 동네의 레드 삭스 팬들과 몇 시간씩 농담을 하고, 서로 놀리기도 하고, 지칠 줄 모르고 논쟁도 했다.

물론 오늘날의 아이들도 이런 것들만이 아니라 다른 헤아릴 수없이 많은 즐거움을 누릴 수 있다. 그러나 스크린과 이어폰이 그 자리를 대신하고 있다. 비디오 게임과 아이팟과 텔레비전과 온갖 외설적인 웹 사이트가 그 자리를 빼앗은 것이다. 우리에게 전기를 사용하는 유일한 오락은 라디오였다. 그것도 일상적으로 마음껏 듣는 것이 아니라, 상으로 허락할 때만 들을 수 있었다. 그래서 우리는 보통 뒤뜰에서 깡통 차기를 하거나, 텅 빈 야구장에서 뜬 볼 치는 연습을 하거나, 공기놀이를 하거나, 숲의 냇물을 따라 하이킹을 했다. 물론 오늘날 부모들이 사 주어야 하는 끝도 없는 전자 장치들보다 값도 싸게 먹혔다. 게다가 같은 놀이를 되풀이해도 지루하지도 않고, 업그레이드를 할 필요도 없었다.

똑같은 집짓기 나무를 계속 갖고 놀아도 또 갖고 놀고 싶은 데는 이유가 있을 것이다. 그 이유가 무엇일까? 내 추측으로는 우리가 기계가 아닌 다른 사람과 상호 작용을 한다는 사실 때문일 것이다. 우리는 미리 프로그램이 짜인 게임의 빠른 박자와 예측 가능한 보상이 아니라 무한히 풍부한 인간의 감각이나 감정과 관련을 맺고, 상상력이나 인간의 능력에 도전했다. 이렇게 익숙한 것과 놀라운 것이 섞여 우리 스스로 즐거운 것을 만들어 낸다는 기분 좋은 느낌을 얻을 수 있었다. 구조화되고 지정된 방식에 의존하지 않고 우리 자신의 재미를 만들어 낼 수 있었던 것이다.

10

상호성의 전통

The Seventeen Traditions

이전의 전통들이 합쳐지면서 더 미묘하고 더 깊은 전통, 오늘날까지 우리 가족의 영혼에 담겨 있는 제2세대의 전통이 형성되었다. 이 전통을 단순히 상호 존중이라고만 부르면 뭔가 모자란 느낌이다. 상호 협조도 마찬가지다. 그래서 이것을 상호성의 전통이라고 불러 보겠다.

우리가 필요할 때마다 서로 돕고 위로하는 행동의 바탕에는 우리 모두가 서로를 깊이 사랑한다는 사실이 있다. 나는 이런 사랑을 예기치 않게 여러 곳에서 느꼈다. 다섯 살 되던 해의 어느 날 아버지는 내 손을 잡고 우리 동네의 초등학교인 제4

학교까지 갔다. 아버지는 내가 이미 유치원 수준을 넘어섰다는 것을 알았으며, 학교를 설득하여 내가 유치원 과정을 건너뛰고 가장 어린 학생으로서 루트 선생님의 1학년 반에 들어갈 수 있게 해 주었다. 그때 나는 아버지가 하는 말을 옆에서 들었다. 그 말을 들으면서 아버지가 나를 얼마나 믿는지 깨달았고, 다른 사람들 앞에서 아버지를 실망시키지 않겠다고 굳게 결심했다. 며칠이 안 지나 나는 루트 선생님의 조수가 되어 학생들의 학습을 돕게 되었다. (몇십 년이 지나 팔십 대에 들어선 루트 선생님은 어느 텔레비전 매거진 쇼에서 이 이야기를 했다.) 고등학교를 졸업할 때까지 학년이 올라갈 때마다 나는 지나온 학년을 돌아보며 앞으로 나아갈 수 있게 해 준 우리 부모의 사랑에 감사했다. 공부가 어려워질 때마다 그런 생각 때문에 더 열심히 공부를 했다.

우리 부모는 늘 자신들과 우리의 관계가 서로 보답을 준다고 생각했다. 그들이 키운 자식들은 나중에 그들을 가르치고, 자기들 나름의 경험과 통찰을 나누어 줄 수 있었다. 어머니와 아버지는 젊은 이민자로서(둘 다 열아홉 살 때 건너왔다), 학습이 어린 시절에 끝나지 않는다는 사실을 알았다. 그들은 오랜 세월에 걸쳐 문화, 수많은 새로운 기술, 개인 사업과 공적 제도의 체계를 배워 나갔다. 모두 외국어로 배운 것이다. 그것은 미국에 새로 온 사람들에게는 결코 쉬운 과정이 아니었다. 이민자 가족 내부에는 이른바 세대 차이라는 것이 특히 심했다. 이런 차이 때문에 불안하고 불쾌한 긴장이 생겨났고, 가끔 지저분한 파열이나 만성적 갈등이 생기기도 했다. 이민자의 자식들 대다수가 자기네 부모의 '구식 생활 방식', 이상한 억양, 친구들 앞에서 그들의 모국어를 쓰는 것을 창피하게 여겼다. 십 대의 유행을 따라잡지 못하는 부모를 못 견뎌 하면서, 전통적 생활 방식의 요소들을 거부하고 상업적 문화가 제공하는 편안한 사회적 유대를 택했다. 반대로 부모들은 때때로 거부당하고 고립되면서도 자식을 걱정했다. 어떤 부모는 쓸쓸함을 견디지 못하고 고국으로 돌아가기도 했다.

그러나 우리 부모는 매우 실용적이었다. 그들은 자식들이 새로운 세계의 한 부분이 되어 간다고 느끼자, 자식들의 본을 받기 시작했다. 그들은 이렇게 생각했다. 우리에게 다른 세계를 전혀 알지 못하는 우리 자식들보다 미국을 더 잘 가르쳐줄 사람이 누구이겠는가? 형 샤프는 자신이 우리 부모의 통역임을 스스로 강하게 의식했다. 샤프는 십 대 때부터 인류학과 문화의 차이에 관심이 많았다. 미국 문화에 관한 한 샤프가 선생이고 우리 부모는 학생이었다(그러니까 "돼", "안 돼", "조심해" 같은 말을 할 때가 아니면). 가르침은 가끔 쌍방향으로 진행되었으며, 양쪽에 놀라운 결과를 안겨 주었다. 누나 클레어가 어머니한테 찰스턴 춤을 추는 방법을 가르쳐 주었을 때, 어머니는 1920년대에 레바논에서 인기 있었던 찰스턴 춤과 관련된 노래를 아랍 어와 영어로 불렀다.

가끔 샤프는 저항에 부딪혔다. 예를 들어 스트랜드에 들어온 새 영화가 동생들도 볼 만하다고 어머니를 설득하려 할 때였다. 오늘날의 많은 부모와 마찬가지로 어머니는 섹스가 강조된 할리우드 영화에 아이들이 당황할지도 모른다고 경계했다. (그런 영화가 실제로 우리를 부패하게 할 것이라고 걱정한 적은 한 번도 없다. 단지 우리가 불편해할까 봐 걱정했을 뿐이다.) 어머니에게 섹스와 폭력이 들어간 영화는 저열하고 쓸데없는 것이었다. 어머니는 가능하면 우리가 그런 것을 견디어야 하는 상황을 피하게 해 주고 싶었다. 물론 우리는 생각이 다를 때도 있었다. 어머니가 우리를 과잉보호하려 한다고 생각한 것이다. 그러나 어머니가 이 문제에 관해 내린 최종 결론을 존중하지 않는 태도를 보인 적은 한 번도 없다. 언젠가 나는 이런 정서가 다음 세대로 옮겨진 것을 알고 기뻐한 적이 있다. 어머니의 손자 타렉이 대학교에 들어가면서 나한테 나중에 후회할 일을 절대 안 하기로 결심했다고 말한 것이다.

아버지는 그런 상호 관계를 고객에게도 확장했다. 아버지는 크리스마스 때 딱 하루 식당 문을 닫았다. 그러나 우리는 곧 아버지가 크리스마스 때도 11시면 식당에 나가 오랜 단골 몇 명을 상대하면서 세 시간을 보낸다는 것을 알았다. 이들은 혼자 세 들어 사는 노인들로 매일같이 아버지 식당에 와서 점심을 먹는 사람들이었다.

이것이 우리 부모가 우리에게 보여 준 모범이었다. 말년에 두 사람이 힘들 때 그들의 친절은 보답을 받았다. 어머니는 내가 아는 사람들 가운데 가장 자립적이고 독립적인 사람으로 꼽힐 만했다. 그러나 백 살 생일이 다가올 무렵에는 어쩔 수 없이 누가 도와주어야만 돌아다닐 수 있었다. 누나 클레어가 옆에서 어머니를 거들었다. 그러나 클레어는 어머니가 힘들 때 손을 내밀어 도와주는 것이 마치 특권이나 되는 것처럼 생각했다. 클레어는 '도우미'라는 관료적인 용어를 거부했다. 클레어에게 이것은 훨씬 간단한 문제였다. "이분은 나의 어머니야." 클레어는 말하곤 했다. "그리고 나는 어머니의 딸이야. 우리는 서로 필요할 때 거들어야 해."

몇 주가 지나 더 큰 도움이 필요했을 때도 우리 어머니 로즈 네이더는 한 번도 자신이 자식들에게 짐이라고 생각한 적이 없었다. 어머니는 우리가 갓난아기 때, 어린 시절에, 심지어 어른이 되어서도 우리를 돌보았다. 따라서 어머니의 생명이 끝나는 순간까지 우리도 함께 있는 것이 당연했다. 어머니는 자신의 삶이 자식이나 손자와 하나 된 상태라고 생각했다. 따라서 자신이 자신에게 짐일 수는 없는 노릇이었다. 𝓧

독립적 사고의 전통

The Seventeen Traditions

"무리에게 등을 돌려라." 아주 어렸을 때 어머니는 나에게 여러 번 그렇게 말했다. 간단한 말이지만, 아주 간결한 방식으로 몇 가지 의미를 전달했다. 지도자가 되려 한다면 대담하게 생각해야 하고, 자기가 하는 일에서 뛰어난 능력을 발휘하고자 한다면 기꺼이 남들과 사뭇 달라야 한다고 우리는 배웠다. 어머니는 매년 내 친구나 내가 만나는 사람에게 계속 관심을 가졌다. 어머니는 우리에게 친구를 집에 데려오라고 했다. 우리가 친구를 데려가면 어머니는 학교나 가족, 친구들이 생활에서 중요하게 여기는 면에 관하여 대화를 나누곤 했다. 상대

적으로 조용하고, 차분하며, 마약도 없던 작은 도시에 살던 그
시절에도 어머니는 자식들의 또래 집단이 자식 양육에서 자신
의 경쟁자임을 예리하게 인식했다. 아이의 또래 집단은 아이
에게 큰 영향을 미칠 수 있으며, 잘못된 집단을 만나면 오랫동
안 공들여 이룬 성과가 수포로 돌아가 행동이 엉망으로 바뀔
수도 있었다. 또래의 압력은 특히 강제를 동반할 때 아이들을
위기로 몰아넣을 수도 있다. 특히 '무리' 안에 나이 차가 있을
경우에는 그런 일이 종종 벌어진다. "네가 문제라고 생각해!"
라는 어머니의 말은 늘 이런 맥락에서 내게 다가온다. 어머니
는 우리가 어렸을 때부터 우리 자신의 행동에 대한 책임을 남
에게 전가할 수 없다고 가르쳤다. "너 자신을 존경해." 어머니
는 우리에게 가르쳤다. "그래야 다른 사람들도 너를 존경한단
말이야."

　물론 우리는 우리 부모의 말을 이해했지만, 그럼에도 급우
들의 조롱에 귀를 기울일 수밖에 없었으며, 우리라고 그것에
면역이 되어 있을 리 없었다. 나는 여덟 살이 되었을 때 매일
반바지를 입고 학교에 가는 문제를 놓고 어머니와 맞섰다. 어
머니는 다른 애들은 긴 바지를 입을지 몰라도 나는 너무 어려

서 안 된다고 생각했다. 우리 반 아이들은 반바지는 아기들이나 입는 것이라고 생각했으며, 나도 그 생각에 동의했다. 그래서 어느 날 집에 돌아가 어머니한테 나만 따돌림을 당한다고 하소연을 했다. 그러나 긴 바지를 입어야 하는 온갖 실용적인 논거를 들이댔음에도—넘어질 때 무릎을 보호한다거나 겨울에 반바지보다 따뜻하다거나—아무 소용이 없다는 것을 깨달았다. 그래서 나는 회심의 승부수라고 여기던 것을 내밀었다. "다른 엄마들은 긴 바지를 입게 해 준단 말이에요!" 그러자 어머니는 대답했다. "글쎄, 다른 아이들에게는 다른 어머니가 있고, 너에게는 네 어머니가 있는 거지. 게다가 남들하고 좀 다른 게 뭐가 그렇게 문제냐?"

작은 도시에서는 말이 빨리 돈다. 어머니는 아이들을 만나기 전에 먼저 그들의 부모와 형과 누나에 관해 묻곤 했다. 어머니에게는 절대로 가까이해서는 안 될 아이들의 명단이 있었다. 그러나 어머니는 보통 자신의 의견을 알려 주는 방식으로 일을 처리했고, 우리는 어머니의 인도를 따랐다. 이 점은 다른 어머니들도 마찬가지였다. 사실 그것이 우리에게 손해가 되기도 했다. 어떤 어머니는 금발인 아들이 나와 함께 학교에 가는

것을 못마땅해했다. 나의 "거무스름한 피부" 때문이었다. 윈
스테드는 당시 뉴잉글랜드의 다른 공장 도시들과 마찬가지로
다인종 공동체였다. 19세기에 아일랜드와 이탈리아에서 이민
자들이 들어오고, 그 뒤에 동유럽, 그리스, 레반트에서 이민자
들이 들어왔다. 시내의 식당이나 술집에서는 인종적인 농담이
흔히 나돌았다. 아마 그렇게 서로를 놀리는 것이 긴장을 더는
데 도움이 되었을 것이다—서로 얼굴을 마주 보며 놀리는 한
에서는. 그러나 인종에 대한 편견이 사회적인 거리 두기라든
가 이민자 가족의 직업 이동 기회의 부족이라는 면으로 표현
되기도 했다. 윈스테드에서는 여전히 양키가 경제적인 권력을
쥐고 있었지만, 아일랜드계와 이탈리아계 미국인들이 지역 정
치에서 일정한 역할을 하기 시작했다. 이곳은 신교와 구교가
눈에 띌 정도로 분열되어 있었다.

　가장 불편을 느낀 사람들은 소수 인종 집단이었다. 우리 가
족도 그 범주에 들어간다고 할 수 있었다. '들어간다고 할 수
있었다'고 말한 것은 우리 부모는 대체로 그런 압력을 무시하
는 경향이 있었기 때문이다. 우리 부모는 그런 압력들에 관해
농담을 했으며, 편견 자체를 비난함으로써 우리의 정체성과

자신감을 강화했다. 우리가 작은 도시에서 가장 큰 식당을 운영한다는 것도 해가 되지는 않았다. 음식이 사람들을 평등하게 만드는 역할을 했기 때문이다. 혼잡한 식당—이곳에서 아버지는 레바논 음식이 아니라 미국 음식을 팔았다—은 광장이 될 수 있었다. 이곳에서는 정치와 스포츠가 평등한 입장에서 토론되었다.

아버지는 오래전 뉴저지 주 뉴어크, 미시간 주 디트로이트, 매사추세츠 주 로렌스, 코네티컷 주 댄베리 등 인종의 용광로 같은 도시에서 지낼 때 그런 점을 깨달았다. "인종적 정체성의 진정한 가치가 무엇일까?" 한번은 아버지가 그렇게 말했다. "문화, 유머, 특색, 함께 어울려 삶과 직면하는 것. 물론 고유의 음식을 먹는 즐거움도 빼놓을 수 없지. 하지만 정치의 영역에서는 폭넓은 인류가 인종을 대신해야 해."

이런 태도가 아이들에게는 어떤 영향을 주었을까? 인종적 비방은 우리에게 충격을 주지 못했다. 우리는 우리가 누구인지, 어디에서 왔는지, 또 어디로 가고 싶은지 알고 있었기 때문이다. 가끔 우리는 "낙타몰이꾼"이라는 소리도 들었다—사실 오늘날 미국에서도 일부 반아랍적인 사람들이 그런 표현을

사용하곤 한다. 그러나 그런 표현이 우리에게 상처를 주는 것
은 거부적인 행동이나 사회적 거리 두기와 연결될 때뿐이었
다. 다행히도 그런 순간은 드물었다. 선생님들은 공평했으며,
우리는 아무런 문제 없이 동네에서 운동을 하거나 아르바이트
를 할 수 있었다. 물론 우리는 아랍 어를 말하고 이해한다는
단순한 사실 때문에 남들과 달랐다. 하지만 우리 부모는 독특
한 영어 억양 덕분에 우리 도시의 수많은 이탈리아, 포르투갈,
유럽, 유대 인, 레바논 이민자들과 공통점을 확인할 기회를 얻
기도 했다.

이런 점들을 고려할 때 우리 부모는 무척 편안하게 적응한
셈이었다. 또래 집단의 노골적인 압력이나 편협한 태도에 시
달린 적이 없었다. 심지어 지역에 오래 살던 사람이 자신에게
익숙하지 않은 이민자나 그들의 관습에 민감하게 구는 것도
이해하는 것 같았다. 공립학교, 그리고 특히 교회는 우리 같은
새로운 가족이 공동체에 동화하는 데 큰 도움이 되었다. 감리
교회는 그리스 정교회 출신인 우리 가족을 끌어안았다. 아버
지가 이해한 대로, 결국 우리의 인종적 차이는 편견과 유혹에
대항하는 우리의 방어벽을 강화해 주었다. 우리는 우리 역사

의 가치를 알았으며, 그와 함께 따라오는 요소들, 특히 음식과
유머를 한껏 즐겼다. ⚔

자선의 전통

The Seventeen Traditions

모든 주요 종교, 또 여러 작은 종교가 추종자들에게 자비로운 행동을 하라고 명령한다. 수백 년 동안 십일조와 선한 일의 개념은 기독교에서 중심적인 자리를 차지해 왔다. 성경은 자비롭게 베푸는 것을 넘어 다른 사람들에게 동정심을 품고 너 그렇게 행동해야 할 의무를 소중하게 여기는 설교와 예화로 가득하다. 우리는 동네의 감리교회에서 운영하는 주일 학교에 다니기는 했지만, 자선의 의미에 관한 진정한 교육은 대체로 우리 부모와 조부모의 세속적 전통에서 나왔다. 이 전통은 레바논의 자흘레라는 도시에서 선한 사업을 주도했던 우리 외할머니에게까지 거슬러 올라간다. 외할머니는 그곳에서 병원을 짓는 일에도 앞장섰다.

이 전통은 대양을 건너와 두 가지로 나뉘었다. 하나는 '요구에 응하는' 자선이라고 부를 수 있는 것이었다. 식당에 가난한 사람들이 오면 아버지는 기꺼이 무료로 음식이나 뜨거운 커피를 주었는데, 이것이 그런 형태였다. 특히 대공황 때는 가난한 사람들이 집집마다 돌아다니며 구걸하곤 했다. 그런 사람들이 우리 집 문을 두드리면 어머니는 기꺼이 그들에게 우리 식당으로 가라고 일러 주었다. 거기에 가면 틀림없이 따뜻한 식사를 할 수 있을 것이라면서. 그들의 얼굴에 나타나는 감사하는 표정은 우리의 양심에 깊은 인상을 남겼다.

아버지는 궁핍한 사람들에게 그런 도움을 주는 것을 사업가로서 자신의 책임이라고 생각했다. 그런 이유 때문에 우리는 아버지가 1940년대 말에 동네 의사—점심을 먹는 카운터에서 아버지와 농담을 주고받던 친구였다—와 나눈 다음과 같은 대화를 귀중하게 여긴다.

의사: 자동차 회사 노동자들의 임금이 왜 이렇게 높아?

아버지: 자네 병원비를 내려면 높아야지! 자네는 병원비를 왜 그렇게 높게 부르나?

의사: 가난한 사람들을 무료로 치료해 주는 일이 많기 때문이지.

아버지: (웃음을 지으며) 흠, 그렇다니까 말인데, 우리도 가난한 사람들한테 공짜로 커피를 주니까, 오늘 자네 커피 값은 1달러(원래는 10센트)일세. 고맙네.

그렇다고 아버지가 자신의 자선 활동을 핑계로 다른 손님들에게 더 부담을 지웠다는 이야기는 아니다.

아버지의 자비로운 마음씨를 보여 주는 또 하나의 예는 제2차 세계 대전 때 나타났다. 우리 식당 위의 진료실을 세내어 쓰던 치과 의사 헨리 가버스가 군대에 가게 되자, 가버스가 돌아올 때까지 무료로 그의 진료실을 유지해 준 것이다. 수요가 많은 공간이었음에도 다른 사람에게 세를 놓지 않았다. 아버지는 닥터 가버스에게 전쟁이 끝나고 가족에게 돌아오면 떠나던 때 그대로 진료실을 사용할 수 있을 것이라고 말했다. 아버지가 닥터 가버스에게 요구한 것은 진료실을 다시 열 때까지

열쇠를 맡겨 두라는 것뿐이었다. 3년 뒤 실제로 닥터 가버스는 다시 그 진료실에서 일을 시작했다. 아버지는 전쟁에서 승리하려면 군대에 입대한 사람들을 위하여 후방에서 자신의 역할을 충실하게 해내야 한다고 믿었다.

두 번째 방법은 제도적 자선과 관련이 있었다. 이것은 공동체에 도움이 되는 시설이나 기관을 짓거나 확장하는 형태였다. 예를 들어, 1950년대 중반 우리 부모는 식당이 잘 되지 않을 때임에도, 지역 병원이 커다란 신관을 짓기 위해 자선기금을 모금할 때 큰돈을 냈다. 이 사업에 특별한 관심을 가졌던 어머니는 다른 윈스테드 기부자들과 함께 건축 현장에도 가보곤 했다. 또 공동체 내에서 기금을 모금하는 일에 나서서, 적십자를 위해 그랬듯이 가가호호 방문을 하기도 했다. 나중에 나는 어머니가 지나가는 말로 "우리가 그 병원을 지었다"고 이야기하는 것을 들었다. 어머니의 말에는 조용한 자부심이 담겨 있었다. "관심을 가져야 한다." 이것이 우리 집안의 주문이었다. 이 신념은 갖가지 방법으로 표현되었다. 한번은 나이 든 이웃이 얼음판에서 넘어져 팔이 부러졌다. 어머니는 열한 살 난 누나 로라를 보내 노부인이 옷을 입는 것을 돕게 했다. 로라는 울면서 가고 싶지 않다고 했지만 결국에는 갔다. 살다 보면 가끔은 싫든 좋든 해야 할 일이 있는 것이다.

우리 부모는 미국에서 할 일이 많았음에도 고국에까지 자선 활동을 확장할 방법을 찾아냈다. 레바논의 아버지 고향 마을에 새로운 하수로를 설치한다는 말이 나오자 즉시 돈을 보냈을 뿐 아니라, 우리 지역의 레바논 이민자들에게서 성금을 거두었다. 그러고 나서 윈스테드의 시 공무원들을 설득하여 우리 도시에 현대적인 하수 처리 시설을 갖추게 했다. 그래야만 시내 한가운데를 흐르는 매드 강에 하수를 버리는 습관이 사라질 것이라고 보았기 때문이다.

어느 화창한 여름날 오후, 아버지는 나를 태우고 시내를 돌아다녔다. 나는 호숫가에서 바람을 쐬거나 고등학교 옆의 빈 터에서 야구놀이를 하는 십 대를 구경하는 것 외에 다른 목적이 있을 것이라고 생각했다. 내 생각이 옳았다.

우선 우리는 비어즐리 앤드 메모리얼 도서관을 지나갔다. "엘렌 록웰 비어즐리는 1901년에 만 달러의 기부금으로 이 도서관을 지었지." 아버지가 말했다. 당시에는 큰돈이었다. 이윽고 아버지는 스펜서 스트리트를 따라가다가 리치필드 군립 병원에 이르렀다. 1902년에 지어진 우리 군의 첫 번째 병원이었다. 이 또한 개인적인 성금을 모아 지은 것이었다. 길을 몇 번 더 갈아타자 읍의 반대편 끝이 나왔고, 그곳에는 길버트 학교가 있었다. 오랫동안 미국 최고로 손꼽히던 고등학교였다. 학교를 설립한 사람은 지역의 산업가 윌리엄 길버트였다. 그는 윈스테드에 세계적으로 유명한 길버트 시계 회사를 설립했다. 길버트는 처음에 사립 중등학교인 길버트 학교를 세웠는데, 기부금이 줄고 세금이 많이 들어가면서 점차 공립학교로 바뀌었다.

아버지는 그곳에서 왼쪽으로 방향을 틀어 언덕을 올라가 하일랜드 호수에 이르렀다. 그곳에는 작고 매력적인 공원이 있었다. 야외에서 음식을 먹을 수 있도록 의자와 탁자도 준비되어 있었다. 이 공원 또한 이 지역의 자선 사업가가 지은 것이었다. 우리는 그곳에서 180도 방향을 틀어 긴 메인 스트리트를 향해 내려왔다. 오는 길에 자선기금으로 설립하여 운영하는 윈체스터 역사 협회를 지났다. 아버지는 고아나 가난한 아이들을 위한 커다란 길버트 고아원을 포함한 자선 단체를 몇 개 지나 아름다운 군인 기념관에 이르렀다. 이곳은 내 유년의 상상력의 중심을 차지하던 곳이었다. 우리 도시는 남북 전쟁 때 큰 희생을 치렀다. 전쟁이 끝난 뒤 자원 참전 용사 출신의 지역 자선 사업가가 구상한 이 기념관은 1890년에 건립되었다. 기부를 받은 언덕 꼭대기 몇천 제곱미터의 땅에 자리 잡은 이 건물과 부지는 곧 지역 사람들의 피난처가 되었다. 지역 사람들은 이곳에 여름 극장을 열었고, 아이들은 이 부지에서 장난을 치거나 주위를 뛰어다녔다.

아버지는 답사를 마친 뒤에 우리 집에 차를 세우고 엔진을 껐다. "우리 작은 도시의 멋진 시설들을 다 둘러봤지?" 아버지가 나에게 말했다. "그것들이 우리 공동체에 얼마나 중요한지 생각해 봐라. 그런 다음 이런 질문을 해 봐라. 1900년 이후로 이 자선 사업가들만큼 부유한 사람이 백 명은 있었고 또 지금도 있다. 그 사람들이 자신의 재산 가운데 일부를 이 자선 사업가들처럼 공동체에 돌려준다면 이 도시가 어떻게 될까?" 우리는 말없이 함께 앉아 있었다. 열린 창문으로 산들바람이 불어왔다. 그 이후로 오랫동안 여러 곳을 돌아다녔지만, 그 여행에서 배운 교훈을 잊은 적이 없다.

먼 훗날 어떤 곳으로 여행을 갔을 때 한 연사가 제2차 세계

대전 이후 유럽 연합을 옹호한 장 모네[4]의 말을 인용하던 것
이 기억난다. 모네는 이렇게 말했다고 한다. "사람이 없으면
어떤 것도 가능하지 않고, 제도가 없으면 어떤 것도 지속되지
않는다."

오늘날, 공동체에서 주도하는 자선 사업에 기부를 하면 세
금이 감면됨에도 도서관, 공연장, 박물관, 병원, 휴양 시설 같
은 새로운 기관을 짓는 데 필요한 대규모 기부는 상대적으로
줄고 있다. 이런 종류의 기획에서 정부가 첫 번째 자금 제공자
가 될 것이라고 생각하고 정부에 의지하게 되면, 부유한 사람
들이 18세기의 계몽된 선조들의 유산, 사람들의 삶을 풍요롭
게 해 주었던 유산을 앞으로 확대해 나갈 것이라는 기대는 약
화될 것이다. 그 결과는 우리 공동체의 위축이다. 🙢

13

노동의 전통

The Seventeen Traditions

우리는 어린 시절에 일에 관해 배웠다. 아이들 모두 집안이 순조롭게 돌아가도록 매일 협력하고 자기 몫을 해야 했다. 남자 아이들은 대개 눈을 치운다든가, 풀을 깎는다든가, 낙엽을 긁는다든가, 닭장 주변에서 닭을 돌본다든가, 달걀을 챙긴다든가 하는 바깥일을 했다. 여자 아이들은 방을 청소한다든가, 다리미질을 한다든가, 설거지를 한다든가, 한 주에 한 번씩 식기에 광택을 낸다든가 하는 집안일을 했다. 채소밭에서 잡초를 뽑고 물을 주고 채소를 거두는 일은 남녀 없이 부모를 도와해야 하는 일이었다. 십 대가 되자 책임지는 일이 늘어났다.

샤프는 방과 후에 아버지의 식당에서 파트타임으로 일을 해야
했다. 나는 한동안 신문을 돌렸다. 클레어와 로라는 훌륭한 피
아노 교사에게 정식으로 피아노 레슨을 받게 되면서(레슨 1회
에 1달러 50센트였다) 집안일을 늘렸다. 앤 브레슈넌이라는 피아
노 선생님은 메인 스트리트에서 두 블록 떨어진 곳에 살았다.

품질 관리는 어머니의 일이었다. 어머니는 이른바 "마지막
마무리"가 잘되어 있는지 우리가 한 일을 두루 살폈다. 어머
니의 판정에 따라 우리는 환호하기도 했고 투덜대기도 했다.
일을 처음부터 다시 시키거나 하던 일을 끝내게 했기 때문이
다. 예를 들어 풀을 베는 일을 하면 퇴비를 만들 수 있도록 긁
어모으는 일까지 다 해야 했다. 어머니는 이런 일들이 우리 가
족이라는 천을 일상적으로 짜 주는 강한 실이라고 보았다. 비
바람이나 눈보라가 매섭게 몰아쳐서 어려운 환경에 처할 때면
우리는 그 점을 이해할 수 있었다. 위기 상황에서 피어나는 동
지애를 부추기는 데는 자연만 한 것이 없었다. 쉽게 한눈을 파
는 어린아이들의 경우도 예외가 아니었다.

우리는 이런 일의 대가로든 다른 이유로든 용돈을 받은 적
이 한 번도 없다. 우리 부모는 용돈이 분열을 일으키고, 조르

는 버릇을 들이고(올려 달라고), 분별없는 소비를 조장한다고 보았다. 그들은 집을 자식들의 일에 대한 대가로 돈을 주는 금전 거래의 장소가 아니라 책임을 함께 나누는 곳으로 유지하는 것이 훨씬 낫다고 믿었다. 게다가 꾸준히 용돈을 주면 우리가 돈의 의미를 알지 못하게 된다고 생각했다. 그래서 우리는 마음에 드는 것이 있으면 부모에게 사 달라고 해야 했다. 그렇게 하려면 부모가 그것을 사 주어야 하는 이유에 관하여 근거 있는 주장을 해야 했다. 용돈을 주게 되면 그런 과정이 생략되고 만다.

우리 부모는 또 절약하는 방법을 가르치고 싶어 했다. 그래서 우리가 집 바깥에서 돈을 벌거나, 생일이나 크리스마스에 친척들한테 돈을 받게 되자, 그 돈을 저금할 수 있는 통장을 만들어 주었다. 처음에는 상징적인 돼지 저금통이었고, 나중에 은행에서 정식으로 만들어 주었다. 우리 이름이 적힌 작은 통장은 우리의 자랑거리였다. 지역 전체적으로 저축을 장려하는 분위기였기 때문이다. 심지어 윈스테드 저축 은행장이 유치원 학생들을 은행에 데려가 푼돈을 저금하는 것을 돕는 일도 있었다.

그렇다고 우리가 집에서 하는 일을 늘 명랑하게 또는 늘 정확하게 했다는 말은 아니다. 나는 풀을 베거나 그 외에 다른 일을 하라는 명령이 떨어지면 가끔 투덜대기도 했다. 계속 책을 읽거나, 아니면 뉴욕 WINS 방송국의 멋진 아나운서 멜 앨런의 뉴욕 양키스 게임 중계를 계속 듣고 싶었기 때문이다. 그래서 처음 부르는 소리가 들리면 시간을 끌곤 했다. 그러면 두 번째, 세 번째 부르는 소리는 더 커지고 더 강해졌다. 그래도 나는 어머니의 발소리가 거실 안에서 들릴 때에야 비로소 다음 이닝을 포기하거나 책에 책갈피를 꽂았다. 풀이 얼마나 빨리 자라고, 잎이 얼마나 빨리 지고, 닭의 장운동이 얼마나 활발한지 늘 놀라웠다. 하지만 마음 깊은 곳에서 나는 우리가 가족의 더 큰 선을 위해 자기 역할을 해야 한다는 것을 알았으며, 그 생각 때문에 결국 주저하던 마음에서 벗어날 수 있었다. 당시에는 어려서 몰랐지만, 이것이 우리의 노동 윤리 교육인 셈이었다. 우리 부모는 자신들의 고국에서 가졌던 것보다 훨씬 많은 것을 우리에게 주었지만, 그럼에도 그 과정에서 우리를 응석받이로 만들지 않겠다고 결심하고 있었다. 우리는 스스로 그것을 얻어야 했다. 더 나은 삶을 누리는 데 필요한 노력을 해야 했다.

물론 모든 일이 힘들었던 것은 아니다. 오후에 부엌에서 빵을 굽는 것은 일이라고 할 수도 없었다. 나보다는 누나들이 늘 푸짐하게 요리를 하는 어머니에게 빵 굽는 기술을 배우는 데 더 열성적이었다. 그 결과 누나들은 아랍의 맛있는 패스트리나 빵을 만드는 법을 배웠을 뿐 아니라, 옛날 레바논에서 종교적인 절기나 축제에 앞서 기념으로 벌였던 빵 굽는 행사를 둘러싼 전승도 들을 수 있었다. 게다가 누나들은 오븐에서 갓 구워져 나오는 빵을 언제나 제일 먼저 맛볼 수 있었다. (나도 누나 클레어의 스물한 살 생일을 맞이하여 밀기울 머핀 스물한 개를 구워 보았다. 우리 부모는 이것을 당시 누나가 다니던 스미스 칼리지에 갖다 주었다.) 물론 샤프도 부엌 안팎의 모든 일을 할 줄 알았다.

아버지는 식당에서 오랜 시간 일하면서, 말을 안 듣는 보일러를 고치는 문제에서부터 주방장의 결근이나 손님들이 갑자기 밀어닥치는 상황에 이르기까지 상상할 수 있는 온갖 문제를 해결했다. 나는 그것을 보면서 힘든 일이라는 게 뭔지 배웠으며, 작은 사업체를 운영하는 데 필요한 인내심과 순발력도 알게 되었다.

나는 식당 겸 술집을 운영하는 데 걱정해야 할 일이 엄청나
게 많다는 것을 알고 놀랐다. 재료가 제시간에 도착하게 하고,
음식이 식지 않게 하고, 도구를 단정하게 갖추어 놓고, 모든
서비스를 정상적으로 유지해야 했다. 아버지는 늘 이런 걱정,
또 그 외의 다른 걱정들을 처리하며 살았다. 아버지는 매일 밤
낮으로 서 있었기 때문에, 세월이 흐르면서 지친 다리가 정맥
류로 부어올랐다. 가족을 부양하고, 자식들의 대학과 대학원
교육을 위해 저축을 하려고 정말 열심히 일했다는, 눈에 보이
는 고통스러운 증거였다. 그러나 아버지의 작업장은 즐거운
곳이기도 했다. 공동체나 공적인 일에 관하여 손님들과 다양
하고 폭넓게 대화를 나눌 수 있었기 때문이다.

일을 시작할 나이가 되었을 때, 나는 나 자신이 식당 일에는
맞지 않다는 것을 알았다. 다행히도 어머니와 아버지도 동의
해 주었다. 나는 『윈스테드 이브닝 시티즌』 배달 일을 하게 되
었는데, 그 일을 하면서 처음으로 일상적인 노동의 의무감을
알게 되었다. 또 소도시 저널리즘의 흥분도 맛보았다. 우선 아
직 따뜻한 신문지를 커다란 가방 안에 쌓았다. 그것을 집집마
다 돌며 배달했다. 개를 피하기도 하고, 궂은 날씨와 맞서기도

하고, 신문을 가지러 문까지 나오는 사람과 이야기를 나누기도 하고, 매주 수금을 하고, 사람들이 하루를 어떻게 보내는지 스쳐 가면서 구경하기도 했다. 때로는 유쾌하고 때로는 불쾌했다. 그런 환경에서 어떻게 사람들을 편하게 대하는 방법을 배우지 않을 수 있겠는가! 평범한 사람들과 접하고자 한다면, 신문 배달이 우편배달 다음으로 좋은 일이었다.

누나 클레어가 회고하는 이야기만큼 일에 대한 우리 부모의 관점을 잘 보여 주는 사례는 없다. 어느 날, 클레어가 아주 어렸을 때인데, 아버지와 함께 집으로 걸어오다가 거리의 청소부를 지나쳤다. "난 저런 더러운 일을 하지 않아도 되니까 정말 좋아요." 클레어가 소리쳤다. 그러자 아버지는 발을 멈추고 어린 딸을 보았다. "그럼 넌 거리의 청소부를 늘 존경해야겠구나. 네가 하고 싶지는 않지만 누군가 해 주었으면 하는 일을 그 사람이 해 주니까 말이야. 따라서 그 사람한테는 보수도 많이 주어야 해. 클레어, 너는 자라면서 온갖 종류의 일을 하는 사람들을 보게 될 거야. 사람들이 하는 일을 가지고 그 사람을 경멸하지 마라. 또 그걸 가지고 어떤 사람을 경외하지도 말고." 로라도 아버지와 비슷한 이야기를 나눈 적이 있다.

누나들이 이런 이야기를 해 준 것은 세월이 흐른 뒤의 일이
지만, 나 자신도 오래전부터 그런 교훈을 받아들이고 있었다.
나는 저임금에 인정도 받지 못하는 일을 하는 수백만 노동자
들의 노고가 아니면 경제, 그와 더불어 부유한 사람들의 활동
도 바로 중단될 것임을 깨닫고 있었다. 🪶

14

사업의 전통

The Seventeen Traditions

1955년 8월 19일, 며칠 동안 계속 비가 내린 데다 허리케인 다이앤이 윈스테드를 강타하는 바람에 매드 강으로 물이 쏟아져 들어갔다. 매드라는 이름에 어울리게 강물은 급속히 불어나 강둑을 넘어 메인 스트리트의 사업체들을 파괴했다. 근처의 스틸 강까지 합세하여 둑 너머로 밀고 나오자, 메인 스트리트 북부 지역은 큰 피해를 보았다.

대부분의 피해는 20분 동안 엄청난 물이 무시무시하게 넘치면서 발생했다. 자동차가 볼링공처럼 뒹굴었다. 몇 사람은 목숨을 잃었다. 메인 스트리트의 서쪽에 있던 상점과 아파트 건물, 공장은 쏜살같은 물에 쓸려 가거나 무너져 내렸다. 아버지의 식당이 있던 동쪽도 큰 피해를 보았다. 건물의 일 층이 물에 잠기는 바람에 세심하게 단장한 진열장과 내부 공간이 2미터 높이의 진흙에 묻혀 버렸다.

다음 날에는 해가 났다. 거리의 상인들은 망연자실하여 입을 다문 채 참담한 광경을 지켜보았다. 오랜 세월에 걸친 노동과 수백만 달러의 투자가 몰록[5]으로 변한 강을 따라 떠내려 가 버린 것이다.

당시에 나는 캘리포니아에 있었다. 프린스턴 대학을 졸업하고 요세미티 국립공원에서 여름일을 마친 직후였다. 고향에 갈 생각을 하며 캘리포니아 주 베이커스필드의 한 상점에 들어갔다가 신문 1면에 아버지의 식당 하일랜드 암스 레스토랑 사진이 크게 실린 것을 보았다. 허리케인 다이앤에 망가진 모습이었다. 나는 부랴부랴 고향으로 달려가 식당에서 진흙을 걷어 내는 일을 거들었다.

이 대홍수 때 고향에 있던 샤프와 로라는 나중에 아버지가 이 참사에 어떻게 대응했는지 말해 주었다. 저녁에 큰물을 간신히 피한 뒤 다음 날 아침 언덕을 내려간 아버지는 피해 상황을 살폈다. 아버지는 로라를 돌아보며 차분한 목소리로 말했다. "내가 돈을 자식들 교육에 쓴 게 다행이구나." 이어 오랫동안 알고 지낸 의기소침해진 소매업자들 몇 명과 이야기를 나누다가 이렇게 말했다. "자, 일을 하러 가야겠군. 청소하고 다시 짓고 하려면 할 일이 많으니까. 이 기회를 이용해서 메인 스트리트를 아름답게 꾸며 보세."

생각해 보라. 예순둘의 나이에, 이미 일생 최대의 홍수도 한번 겪은 터임에도—1938년 폭우 때 아버지의 식당이 무너졌다—아버지는 뒤돌아보는 일에 조금도 시간을 낭비하지 않았다. 그냥 앞만 보았다. 미지의 미래, 어쨌거나 불확실한 미래만 보았다. 그럼으로써 상점주들이 다시 일어서도록 격려하는 역할을 했다.

1955년에는 홍수 보험이 없었다. 소기업청에서만 저리 대부로 지원을 해 주었다. 그 무렵 나와 형제들은 모두 20대였다. 나이가 들 만큼 들었음에도, 아버지가 홍수 뒤의 그 처참한 상황에 대응하는 것을 보고 역경에 대처하는 방법에 관하여 많은 것을 배웠다. 아버지는 냉정하고 실용적이었다. 즉시 복구에 초점을 맞추었다.

　소기업을 운영하는 가족 출신이라는 것이 우리의 일상생활
에서는 중요한 의미가 있었다. 하일랜드 암스는 소박한 식당
이 아니었다. 식당 공간이 세 개가 있었고, 카운터를 갖추었
고, 칵테일 라운지 겸 바가 있었고, 델리가 있었고, 빵 가게가
있었다. 오랜 세월에 걸쳐 수만 명의 고객이 배를 채우고 갈증
을 푼 곳이었다. 미국 전역, 세계 각지에서 많은 사람이 왔지
만, 대개는 우리 공동체 사람들이었다. 재료 공급업자들이 정
기적으로 주방과 빵 가게에 필요한 재료를 배달했다. 배관공,
전기 기술자, 목수가 찾아와 수리를 해 주었다. 거리 아래쪽에
있는 군 법원의 배심원들은 이곳에 와서 점심을 먹었다. 정오
에 공장에서 경적이 울리면 노동자들이 와서 샌드위치와 커피
를 먹었다. 법률가, 의사, 경찰, 회계사, 보험사 직원, 은행 직
원, 교사와 교장, 여름 캠프 관리자와 학생들, 아이와 부모, 메
인 스트리트의 가난한 세입자, 상점주—이들 모두가 하일랜드
암스를 거쳐 갔다.

　하일랜드 암스는 손님 200명이 편안하게 자리를 잡을 수 있
었다. 인구 만 명인 소도시의 식당치고는 꽤 큰 편이었다. 식
당은 공동체의 모임 장소로도 유용했다. 공간이 넓으니 새로

운 손님에게 서둘러 자리를 비켜 줄 필요가 없다는 것도 한 가
지 이유였다. 나스라 네이더는 언론 자유의 적극적인 옹호자
이며, 그의 식당에서는 언론 자유의 분위기가 비꼬는 유머 감
각과 더불어 전염력을 가진 듯이 확산되었다는 것도 또 한 가
지 이유였다. '자유롭게 자기 의견을 말해도 차갑게 쏘아보는
눈길과 부딪치지 않는 곳을 찾는가? 네이더의 식당에 가 보
라.' 그래서 사람들은 실제로 1925년부터 아버지가 은퇴하면
서 사업을 접었던 1969년까지 그렇게 했다.

일주일에 7일 문을 여는 가족 사업을 하는 환경에서 성장하
다 보면, 그 자체가 삶에서 하나의 전통이 될 수밖에 없다. 특
히 그 사업이 본질적으로 개인적 성격을 띠고, 늘 대화를 나누
어야 하며, 하루하루 마감의 압박을 강하게 받을 때는 그렇게
되는 것을 피할 수 없다. 우리는 장기간 근무한 직원들과 함께
성장했는데, 그들은 알게 모르게 우리의 교육에 참여했다. 손
님들은 그들을 무척 좋아했고, 우리에게 그들은 가족이나 다
름없었다. 주방장 베니 바턴은 입버릇처럼 고향인 메인 주 다
마리스코타로 돌아가겠다고 했다. 그러나 실제로 돌아가는 데
는 25년이 걸렸으며, 그동안 손님들에게 믿을 만한 양질의 음

식을 제공했다. 폴 란다조는 재미있고 약간 화려한 느낌을 주는 요리사로, 늘 주방에서 일했지만 가끔 알 수 없는 이유로 갑자기 사라지곤 했다. 그들 외에도 뛰어난 웨이터로 일하던 호머가 있었는데, 그는 캐나다의 프랑스어를 쓰는 지역에서 일하던 시절 이야기를 하면서 슬롯머신이 뱉어 내는 속도보다 빠르게 10센트짜리 팁을 모았다. 제이크 스탄키비츠는 야간에 빵 굽는 일을 했는데, 꾸준하고 친절했으며, 자신이 매일 만들어 내는 빵을 자랑스러워했다.

나는 식당을 물려받을 생각을 한 적이 한 번도 없었지만, 그래도 설거지에서부터 즉석요리와 웨이터 일까지 식당과 관련된 여러 가지 일을 해 보았다. 카운터 뒤에 서서, 온갖 배경 출신에 기분도 갖가지인 여러 종류의 사람들과 이야기를 하고, 논쟁을 하고, 농담을 주고받는 일에는 금방 익숙해졌다. 그곳에서 나는 사람들의 마음을 읽고, 표정을 파악하고, 고민을 듣고, 분위기를 맞추는 능력을 길렀다. 이런 헤아릴 수 없이 많은 상호 작용이 내 인격을 형성하는 데 얼마나 영향을 미쳤는지는 잘 모르겠지만, 틀림없이 어떤 식으로든 기여했을 것이다. 어쨌든 그 경험이 변호사로서 내 경력에 큰 도움을 준 것

은 분명하다. 그 덕분에 나는 조사와 관련된 사람들만이 아니
라, 일상적으로 만나야 하는 정계나 언론계 사람들과도 쉽게
의사소통을 할 수 있었다. 식당에서 친구, 이웃, 낯선 사람들
과 아무런 이야기나 주고받던 경험 덕분에 어른이 되어서 생
활하고 일하는 것이 한결 수월했다. 그래서인지 교육에서 이
런 핵심적인 부분, 즉 미국의 다양한 배경이나 지역 출신 노동
자들의 생각과 느낌에 몰입하는 과정을 경험해 볼 기회를 놓
친 친구나 급우를 볼 때마다 안쓰러웠다.

　아버지가 사업하는 모습을 시켜보면서 성품의 의미도 배우
게 되었다. 아버지는 오랜 기간 건축 일과 목공 일을 도와준
밥 모건, 오랫동안 배관 일을 해 준 에드 허턴과 멋진 관계를
유지했다. 식당을 보수하거나 홍수와 화재를 비롯하여 주기적
으로 피해를 입을 때 복구를 도와주는 사람들과도 그런 관계
를 유지했다. 이것은 신뢰와 편안한 상호 존중에 바탕을 둔 관
계였다. (허턴 씨는 심지어 맥네이더[6]를 자기의 스코틀랜드 씨족에 등
록시키기도 했다!) 그들은 문서로 기록하는 법이 없었다. 말 자
체가 약속이었다.

　홍수와 화재 때문에 아버지는 종종 사업상의 채무를 지고,

오랜 세월에 걸쳐 그것을 갚아 나가곤 했다. 벤저민 프랭클린
도 칭찬할 만한 근검절약 정신으로 꼼꼼하게 빚을 갚아 나가
는 아버지의 모습은 우리 도시에서 작은 전설이 되었다. 그러
나 근검절약한다 해서 남들에게 베푸는 데 인색한 적은 없었
다. 오히려 자선 쪽을 더 강화했다. 낭비는 줄이고 베푸는 건
늘렸기 때문이다.

　근처의 구두점 주인이 말했듯이, 네이더의 식당에 가면 5센
트짜리 동전으로 커피 한 잔과 10분짜리 정치적 대화를 살 수
있었다. 손님들의 주의를 끄는 수많은 사회적 쟁점들이 입에
서 입으로 돌아다녔기 때문에, 지역 거주자들은 정보도 얻고
의문을 느끼기도 했다. 이것 또한 아버지의 사업이 우리 소도
시에 기여한 부분이었다. 물론 그 외에도 샤프가 하일랜드 암
스에서 광범하게 나눈 대화에서 영감을 받아 설립한 커뮤니티
칼리지 등 다른 분야에도 기여를 많이 했지만. 아버지에게 사
업과 공동체는 똑같은 것이었다. ⚜

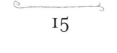

15

애국의 전통

The Seventeen Traditions

아버지는 끊임없이 권력을 비판하는 사람이었다. 경제든 정치든, 지역이든 전국이든 마찬가지였다. 아버지는 또 해법을 제시하는 것을 결코 두려워하지 않았다. 아버지는 매일 식당에서 자신의 생각을 이야기했다. "나스라, 그런 식으로 말하면서 어떻게 이윤을 남길 걸 기대하나?" 오랜 단골이나 친구들은 아버지에게 가끔 주의를 주곤 했다.

"나는 배를 타고 자유의 여신상 옆을 지나올 때, 그 여신상을 진지하게 받아들였네." 아버지는 그렇게 대꾸했다.

우리 부모는 미국에서 찾은 자유를 소중하게 여겼으며, 누구든 그것을 퇴행시키려는 사람을 경계했다. 아버지는 이렇게 말하곤 했다. "권리를 사용하지 않으면 그걸 잃고 말아." 우리 부모는 실제로 권리를 사용했다. 활발한 분위기의 타운미팅에서 발언을 하고, 시청 공무원이나 신문 편집자들을 찾아가 자신의 의견을 이야기하고, 사람들에게 정보를 알고서 투표하라고 권했다. 그들이 관심을 갖는 주제는 주로 지역적인 것으로, 시의 쟁점 전반에 걸쳐 있었다. 모자라거나 넘치는 서비스, 개량이 필요한 학교나 병원, 개선이 필요한 도로나 주차 시설, 현대화할 필요가 있는 홍수 조절 방식, 단속이 필요한 공장의 폐기물 투하. 그 밖에도 개줄을 묶지 않은 개에서 불합리한 예산에 이르기까지 상상할 수 있는 것은 전부 포함되었다.

우리 부모는 선택에 의해 미국인이 된 사람들로서 이전에 이민 온 사람들의 오만한 후손들 앞에서 주눅 드는 법이 없었다. 우리 부모는 민주주의의 이상을 소중하게 여겼다. 실제적인 상황에서 그 불완전성을 받아들여야 한다거나, 애국가 또는 국기 앞에서 무릎을 꿇어야 한다고 생각하지 않았다. 그들은 성조기로 자신의 죄를 덮으려는 정치가들을 꿰뚫어 보았다. 그들은 선출된 공직자들이 어떻게 자신의 의무를 이행하는지, 실제로 시민과 함께하는지, 아니면 그저 지나가면서 악수만 하는지에 관심을 가졌다. 깃발을 흔드는 사람들에게 아버지가 종종 말했듯이, 우리 국기는 '충성의 맹세'의 마지막 말에 구현된 원칙들을 상징했다―"모두를 위한 자유와 정의."

대신 우리 부모는 우리 소도시의 활동적인 나이 든 시민들 가운데서 동맹자들을 발견했다. 우리 부모는 그들의 경험을 열심히 흡수했다. 이 이웃들은 우리 부모가 소도시의 통치 체제의 단계들을 알도록 도와주었고, 각각의 단계가 얼마나 오래 걸리는지 설명해 주었다. 우리 부모와 이웃들은 불의에 대한 공통된 의분 덕분에 그 전까지 인종적 또는 계급적 차이가 있었다 해도 그것을 금세 극복했다. 이들은 민주주의와 그 혜택은 노력을 요구한다는 것을 아는 사람들이었다.

아버지는 자신에게 목소리가 있고 그 목소리를 사람들이 듣는다는 사실을 좋아했다. 특히 자신의 의견이 법적인 변화의 기초가 될 수 있다고 생각할 때 기뻐했다. 예를 들어 아버지는 모든 유권자가―아버지가 보기에는 사설 조직에 지나지 않는 정당의 당원만이 아니라―모든 예비 선거에 참여할 수 있도록 코네티컷의 예비 선거 체계를 바꾸라는 소송을 연방 법원에 제기한 적이 있다. 정당 예비 선거가 우리 세금으로 치러지는 것이라면 모든 유권자가 모든 예비 선거에서 투표할 수 있어야 한다는 것이 아버지의 논리였다. 다른 주에서는 당을 초월해 투표하는 예비 선거법을 시행하고 있었음에도, 이 소송을 심리한 판사는 헌법적 권리를 침해하지 않는다는 이유로 아버지에게 패소 판결을 내렸다.

또 한번은 소비자들이 생명이나 자동차의 경우에 단체 보험에 들 수 있다는 것을 알게 되자, 주택 소유자 단체 보험을 금지하는 반경쟁 주법과 싸웠다. 이 법은 보험 회사의 로비로 만들어진 것이었다. 아버지는 보험 회사들이 밀어붙였던 그 법을 폐지하는 법안을 만들 것을 코네티컷 주 보험부에 촉구하여, 이웃들이 단체 구매로 보험료를 절약할 수 있는 길을 열어 주려고 했다. 그러나 보험부는 아버지의 요청을 거부했다.

아버지가 이런 패배에 괴로워했을까? 천만에. 아버지는 모든 권리의 제약이나 정부의 부패에 더욱더 단호하게 맞섰을 뿐이다. 아버지는 이렇게 말하는 것 같았다. "내가 이 나라에 와서 숨 쉬려고 했던 것을 너희가 빼앗아 갈 수 없다."

이런 비타협적 관점 때문에 점심을 먹으러 오는 단골손님들도 이따금씩 아버지의 애국심에 의문을 제기하곤 했다. "사랑하거나 떠나거나 둘 중의 하나지." 사람들은 그렇게 말하곤 했다. 그러나 그런 비웃음은 아버지가 달게 마시는 차에 불과했다. 아버지는 그들에게 역습을 했다.

"자네는 이 나라를 사랑하나?" 아버지는 놀리는 듯한 웃음을 지으며 그렇게 묻곤 했다.

"사랑하고말고."

"그런데 왜 이 나라를 좋게 만드는 데는 시간을 쓰지 않나?"

어머니도 자식들에게 비슷한 훈련을 시켰다. "랠프, 너는 이 나라를 사랑하니?" 어머니는 내가 여덟 살 때 그렇게 물었다.

"네, 어머니." 나는 대답하면서도 어머니가 무슨 말을 하려는 것인지 알지 못했다.

"그래, 그럼 커서 이 나라가 더 사랑할 만한 나라가 되도록 열심히 노력해라."

우리 눈에는 이것이 애국의 진정한 정의였다. 이것은 조작을 일삼는 통치자나 부자 정치가가 아니라 민중이 표현할 수 있는 애국이었다. 권위주의적인 국가나 더 나쁜 상황에 처한

곳에서 오게 되면, 조국이라는 상징이 민중과 그들의 정치 참
여를 억압하는 데 사용되는 방식에 훨씬 민감해지는 경향이
있다. 새로운 나라가 스스로 표명하는 높은 기준에 따라 그 나
라를 평가하는 것이다.

　우리 부모는 나라도 사람과 똑같이 판단해야 한다고 믿었
다. 말이 아니라 행동으로 판단해야 한다는 것이다. 정치가와
정부는 그들이 하는 일로, 즉 문제가 생기기 전에 미리 막고,
문제가 해결되면 질서를 회복하고 피해를 복구하려는 노력으
로 우리 사회, 우리 공동체, 우리 인간들에 대한 존중심을 보여
주어야 했다. 어머니와 아버지는 노래, 상징, 서약의 의도가 아
무리 진지하다 해도, 종종 민주주의를 위한 힘든 노력, 정의를
추구할 때 흘려야 하는 땀을 생략해 버리거나 그것을 대신하는
데 이용되는 경우가 많다는 사실을 알았다. 그들은 누가 뭐라
해도 이런 얼버무림을 되풀이해 지적했다. 행동하지 않으면 권
력과 돈을 가진 자들의 손에 놀아나게 된다는 것도 그렇게 하
는 한 가지 이유였다. 그들은 마르쿠스 키케로가 2000년 전에
고대 로마에서 한 말을 직관적으로 파악한 것이다.

　"자유란 권력에 참여하는 것이다."

16

고독의 전통

The Seventeen Traditions

한동안 아버지는 오전 열 시부터 오후 두 시까지 일했다. 그런 뒤에 낮잠을 자고, 오후 다섯 시에 다시 식당으로 가서 새벽 한 시까지 일했다. 아버지가 낮잠을 자는 동안에 우리 아이들은 시끄럽지 않게 노는 방법을 찾아야 했다. 물론 놀 거리를 찾는 데 어려움을 겪은 적은 없다. 우리는 혼자 노는 데 익숙했다. 혼자서 책을 읽거나, 장난감을 갖고 놀거나, 집짓기 또는 뜨개질을 하거나, 나무에 올라가거나, 근처 숲에 들어가 걷거나, 아니면 그냥 백일몽을 꾸었다. 지나치게 바쁜 오늘날의 아이들과 비교하자면, 우리는 어느 만큼 고독에 익숙했던 셈이다. 그리고 우리는 고독을 즐겼다.

우리가 혼자 있을 때 하는 오락은 소박하고 보람 있는 것이었다. 물론 늘 새 책을 읽을 수 있었다. 할 일도 있었다. 우리는 나이가 들수록 시간이 더 많이 걸리는 일을 하게 되었다. 라디오도 있었다. 우리는 한 대의 라디오로 가끔 잭 베니, 〈외로운 방랑자〉, 〈그림자〉, 〈피버 맥기와 몰리〉, 로웰 토머스와 에드워드 R. 머로의 뉴스, 일요일 저녁의 〈한 남자의 가족〉을 듣곤 했다. 우리는 또 밖에서 놀 시간도 있었고, 생각에 잠길 시간도 있었다. 철학자 제임스 하비 로빈슨은 아이들이 백일몽을 꾸는 시간을 가질 때 미래에 도움이 되는 것들을 많이 거두어들일 수 있다고 지적했다. 앞서도 말했듯이 샤프는 내가 열세 살 때 로빈슨의 책을 읽어 보라고 권했으며, 백일몽에 대한 그의 이야기는 기분 좋게 와 닿았다. 그 전에는 내가 그저 시간을 낭비한다고 생각했기 때문이다.

우리 부모가 고독을 그렇게 강조한 한 가지 이유는 그들 자신의 고독, 혼자 또는 다른 어른들과 보내는 그들만의 시간을 귀중하게 여겼기 때문이다. 그들은 우리를 한없이 사랑했고, 또 우리를 세심하게 보살폈지만, 그럼에도 자식들에게 완전히 흡수되는 것은 지혜롭지 못하다고 생각했다. 그 결과 부모가 집에서 손님을 대접할 때는 우리가 그 과정을 결코 지배할 수 없었다. 우리는 혼자 시간을 보내는 데 익숙했으며, 부모를 위해서나 우리를 위해서나 모습을 드러낼 필요를 거의 느끼지 못했다. 손님이 와서 식사를 함께 한 뒤면 우리는 자리를 피해 손님의 아이들과 함께 놀거나 우리끼리 놀았다.

말할 필요도 없이 요즘은 상황이 다르다. 몇 년 전, 우리는 추수 감사절에 어린아이 둘이 있는 한 가족을 초대했다. 네 살 짜리 남자 아이는 하루 종일 정신없이 뛰어다녔다. 탁자에서 뛰어내리기도 하고, 물 컵을 엎기도 하고, 있는 힘껏 악을 쓰기도 하고. 하여간 대화와 식사를 망칠 만한 일은 죄다 하는 것 같았다. 요즘 같으면 대부분의 부모가 이렇게 물어볼 것이다. 아이가 주의 감퇴증에 걸린 것 아닐까? 아니다. 부모가 정당한 이유가 없는 자식의 행동을 통제하거나 어떤 기준을 제시하려 하지 않는 병에 걸린 것이다. 많은 아이가 역사상 이전 어느 세대보다도 부모를 포함한 어른과 시간을 적게 보내는 것은 오늘날의 망가져 버린 경제의 결과다. 아이들은 어른과 함께 있는 얼마 안 되는 귀중한 시간이 올 때마다 오랜 기간의 무관심을 보상받으려고 필사적으로 노력하는 것이다.

어머니는 이렇게 말한 적이 있다. "먼저 혼자 노래 부르는 법을 배우지 않으면 합창단에 들어가 함께 노래 부를 수 없다. 나는 아이들이 자기 정신력을 발휘해서 고독의 중요성을 이해했으면 좋겠다. 자립을 하고, 독립적으로 생각하는 것의 중요성 말이다. 아이들이 자기 자신이 되도록, 자기 자신을 정의하는 방법을 배우도록 격려해 주어야 한다." 랠프 월도 에머슨이라면 그 말을 지지했을 것이다.

물론 오늘날 고독에 대한 우리 생각에는 큰 흠이 있다. 자식을 텔레비전, 비디오 게임, 인터넷을 비롯해 아이들을 유혹하는 전자 장치 앞에 매주 몇 시간이고 놓아두는 부모가 너무 많다. 고독은 원래 "혼자 있는 상태"를 의미했지, 이렇게 광적이고 종종 무시무시한 유혹과 수동적으로 공생하는 상태를 의미하는 것이 아니었다. 진정한 고독이란 무한히 다양한 경험을 포함할 수 있다. 자신의 상상력, 자신의 생각, 꿈, 자신의 수수께끼와 책, 자신의 뜨개질 거리나 취미 활동—나무 블록을 깎는 것에서 작은 라디오나 모형 비행기를 만들고, 세계 각지의 다채로운 우표를 수집하는 일까지—과 함께 단둘이 있는 것이다. 혼자 있다는 것은 나비나 벌새나 근면하게 꽃가루를 나르는 벌의 비행을 좇는다는 의미일 수도 있다. 혼자 있다는 것은 익숙한 별자리가 가득한 밤하늘을 바라보고, 그것을 하나하나 확인하려고 노력한다는 의미일 수도 있다.

그 시절에는 혼자 있는 것이 더 쉬웠다. 전화가 끊임없이 울리지도 않았다. 오늘날과 비교하자면 거의 울리지 않는 셈이었다. 물론 식사 시간에 영업 사원이 찾아와 방해하지도 않았다. 정적은 도처에 있었다. 어쩌면 오늘날의 전자 환경에서 살며 불안에 시달리는 아이들 가운데 많은 수는 그런 정적에 당황할지도 모른다. 요즘 아이들은 주의력 지속 기간이 짧아지고, 개인 대 개인의 상호 작용이 줄어든 상황 때문에 어려움을 겪고 있다. 그 결과 생각하고, 대화하고, 가족생활에서 올바르게 처신하고, 자기 자신을 교육하는 능력이 망가져 버렸다. 이런 아이들 가운데 일부는 자신의 생활에서 그런 결함을 인식하고 있다. 어쩌면 그들은 앨리스 워커가 "조용한 공간"이라고 부른 것을 찾고 있을지도 모른다.

'조용한 공간'이 나에게 해 준 것을 생각해 보는 것만으로도 스스로 교육을 받는 느낌이다. 커다란 경이를 느끼게 된다. 하지만 나는 어렸을 때도 나의 고독을 소중하게 여기고 음미했다. 그것은 탈출이나 소외의 표현이 아니라, 탐험과 자기 성찰을 위한 시간, 나 자신을 더 잘 알게 되는 시간이었다. 고독은 갱신의 엔진이었으며, 자립을 위한 안내자였고, 생각을 정리해 주는 도구였다. 아마 가장 중요한 것은 혼자 있는 시간에 내가 좋아하는 작가들과 교류할 수 있다는 점이었을 것이다. 그들은 권력에 도전하는 일의 중요성을 보여 주었던 19세기 말과 20세기 초 미국의 추문 폭로자들, 지도에 나와 있지 않은 땅을 탐험하도록 영감을 주고 어휘와 사상을 확장해 준 모험 소설 작가들이었다. 물론 어렸을 때 그런 식으로 생각하지는 못했지만, 내 마음이 늘 공동체를 위하여 더 나은 삶을 만드는 것과 관련된 일로 돌아갔다는 것은 분명하다. 나는 새로운 영역을 개척하는 사람들에게 매혹되었으며, 그들을 닮고 싶었다.

17

시민 생활의 전통

The Seventeen Traditions

우리 부모의 철학은 "시민의 황금률"이라고 부를 만한 것에 뿌리를 내리고 있었다. 남에게 대접을 받고자 하는 대로 남을 대접하라는 것이다. 시민으로서 느끼는 깊은 의무감은 보통 교훈적인 강연을 지속적으로 듣는다고 생기는 것이 아니다. 하물며 핏기 없는 시민 생활 교과서를 공부한다고 해서 나오는 것도 아니다. 진정한 시민 의식은 흐르는 강처럼 수원이 여러 개다. 어떤 것은 작은 강이나 개울이기도 하고, 어떤 것은 큰 강의 지류처럼 큰 것이기도 하다. 우리의 경우 그 강은 어린 나이에 어머니와 아버지를 따라 공동체의 관심사를 결정하던 지역 타운 미팅에 간 데서 시작되었다.

이런 회의에서는 우리 부모를 포함하여 우리 시에 사는 사람이면 누구라도 우리 시에서 선출한 행정 위원—지역 대표를 그렇게 불렀다—과 대화를 나눌 수 있었다. 뉴잉글랜드 초기 역사의 유물인 타운미팅은 오늘날에는 비슷한 예를 찾아볼 수 없는 지역 민주주의의 원시적인 형태였다. 이 회의에서는 도시의 공적인 일을 안건으로 내걸었으며, 참석한 시민은 거리낌 없이 자신의 의견을 이야기했다. 의견이 갈릴 때는 어떤 것도 신성하게 여기지 않았다. 관련 당사자는 입에서 나오는 대로 상대방을 개인적으로 비난했다. 예를 들어 이런 식이었다. "네가 여기서 지금 하고 있는 짓을 보면 네 아버지 그레그가 무덤 속에서 일어날 거다."

어렸을 때부터 나는 이런 모임을 소수의 일정한 유권자들이 지배한다는 것을 알았다. 그들은 회의가 열릴 때마다 토론에 참여했으며, 이 행사를 위해 준비를 제대로 하고 오는 것처럼 보였다. 십 대가 되어 식당에서 일을 도울 때, 나는 사람들이 이런 주도적인 시민 활동가들을 대개 돌출적인 인물로 여긴다는 것을 알았다. 어떤 사람들은 이들을 별난 사람, 또는 심지어 정상이 아닌 사람으로 보기도 했다. 소란스러운 타운 미팅이 끝난 다음 날 사람들은 나이가 지긋하면서도 유난히 적극적인 주민인 프란츠 씨가 메인 스트리트를 걸어가는 것을 보며 손가락질하곤 했다. 술꾼, 바보와 더불어 손가락질을 당해야 할 사람이라고 생각하는 것 같았다. 하지만 누가 더 바보일까? 나는 궁금했다. 토론 과정에 참여하고 노력하는 유권자와 납세자 핵심 집단일까, 아니면 습관적으로 시의 일에서 손을 떼고 자신들의 이해관계가 걸린 문제를 남들이 결정하도록 맡겨 두는 훨씬 많은 수의 사람들일까? 나중에 나는 고대 그리스 어의 "백치"가 지능이 아니라 시민의 무관심과 관련이 있는 말임을 알고 기뻤으며, 꽤 그럴듯하다는 느낌을 받았다.

윤리적 전통의 또 다른 쪽에는 황금률, 그리고 서로 돕고 함께 잘 지내라고 소박하게 호소하는 성경의 많은 발언이 있었다. 아버지에게는 그것도 참조 틀의 역할을 했다. 일상적인 연단이나 다름없는 식당에서 아버지는 손님들과 해 아래 모든 것에 관해 기꺼이 토론했다. 지역의 문제건 지역 밖의 문제건 상관없었다. 지역 상인이든 선거 운동을 하는 정치가든 하일랜드 암스를 찾아오면 아버지와 활발한 대화를 나누곤 했다. 특히 정치가들이 아버지의 중요한 토론 상대였다. 의자가 길게 줄지어 있는 아버지의 카운터는 귀담아들을 준비가 되어 있는 유권자들과 한꺼번에 악수를 나누기에 아주 좋은 장소였다. 아버지는 늘 카운터의 끝, 커다란 커피 단지 근처에서 기다리곤 했다. 아버지의 손과 정치가의 손이 맞닿으면, 아버지는 묻고 싶은 것을 묻고 답을 듣기 전에는 손을 놓아주지 않았다.

아버지는 식당을 운영하던 거의 50년 동안 수만 명의 사람이 시민으로서 자기들에게 영향을 주는—윈스테드에서, 또 미국과 세계에서—쟁점들에 관하여 더 깊이 생각해 보도록 교육하고, 동기를 부여하고, 영감을 불어넣었다. 지금도 아버지와 나눈 대화를 기억하는 사람들, 가까이 살기도 하고 멀리 살기도 하는 사람들을 만나게 된다. 아버지는 이런 대화에서 식민주의와 자결권 억압에서부터 정부의 낭비에 이르기까지, 언론의 약점에서부터 소기업에 비해 혜택을 받는 대기업과 정부기관 사이의 부적절한 관계에 이르기까지, 메인 스트리트의 불법 주차라는 고질적인 문제에서부터 윈스테드의 고전적인 철도역과 같은 건물의 불필요한 철거에 이르기까지 다양한 문제를 다루었다. 아버지는 인간의 끝없는 탐욕에 놀라곤 했다. 미국 대통령들의 업무 수행 능력에 경악했고, 주요 정당의 겁쟁이 같은 행동에 당황했고, 자신들의 보수를 크게 인상하는 하원의 뻔뻔스러운 표결에 경악했고, 일부 선거 과정에서 자신과 같은 독립적 유권자를 배제하는 것에 경악했다. 아버지는 연쇄점과 철새 같은 경영자들을 특히 경멸했다. 그들은 지역의 자선 활동에 기여하지 못하는 점과 관련하여 뉴욕이나 시카고의 본사로부터 늘 그럴듯한 핑계를 빌려 왔다. 어쨌든 아버지가 다루는 문제의 목록은 끝도 없었다.

아버지가 공적인 토론만큼 열정을 기울이는 것은 문제 해결이었다. 아버지는 요구가 많은 시민이었다. 아버지는 단순히 문제를 제기하기만 하는 것이 아니었다. 지역 주민이 힘을 모아 행동에 나서도록 방향을 잡는 데도 기여했다. 그것은 투표로 나타나기도 했고, 하원이 엉뚱한 시기에 자신들의 보수를 크게 올린 지나친 행위에 대한 항의로 나타나기도 했다. 1978년 86세 때는 항의 시위로 전국 언론의 관심을 끌기도 했다. 병원 증축이나 현대적인 하수 시설 마련과 같은 시의 중요한 서비스가 안건으로 등장하자, 아버지는 토론에 참여하여 완성

될 때까지 내내 관여했다.

아버지는 또 사람들에게 시민의 참여 문제에 대해서도 생각해 보게 했다. 아버지의 말이 없었다면 사람들이 거의 생각하지도 않았을 문제였다. 아버지는 말의 관습적인 의미를 재검토하곤 했다. 예를 들어 손님들에게 돈이나 소유의 관점이 아니라 자선, 건강, 행복, 공동체 정의의 관점에서 '부'를 생각해 보도록 압박하기도 했다. 아버지는 매우 부유한 사람들이 '황금 우리' 안에서 산다면서 안타까워하기도 했다(그들을 비판하면서도). 아버지는 한 번도 어떤 손님이 그 자신의 이해관계를 넘어설 것이라거나 스스로 주장하는 범위를 넘어설 것이라고 미리 판단한 적이 없다. 아버지는 손님이 자신의 관점에 확고하게 뿌리를 박고 있을수록 더 좋아했다. 아버지는 확신을 가진 사람을 설득하는 일에는 관심을 갖지 않았다.

어머니의 공적 삶은 적십자 같은 일반적인 자선 활동에서부터 모든 공동체가 직면한 더 큰 문제, 즉 보건, 아동, 공공사업과 관련된 쟁점들에 이르기까지 다양한 범위에 걸쳐 있었다. 어머니는 윈스테드로 이사 올 때부터, 특히 국제 문제 같은 경우에는 사람들이 거의 관심을 가지지 않는다는 사실에 놀랐

다. 그래서 지역의 여성 클럽에 가입하여 국제 위원회를 만드
는 일을 도왔다. 유명한 연사를 초대하여 클럽과 클럽의 손님
들에게 연설할 기회를 마련하는 것이 위원회의 일이었다. 제2
차 세계 대전 중 형이 쿠바의 관타나모 만에 주둔해 있을 때는
에스파냐 어를 배우기도 했다. 코네티컷 주의 성인 교육 프로
그램에는 아랍 어 교사로 맨 먼저 자원했으며, 그 덕분에 주
규모의 텔레비전 방송국 인터뷰에 나가 자식들보다 먼저 공적
인 관심의 대상이 되기도 했다.

어머니가 잘 알고 있었듯이, 공동체의 윤리적 바탕은 시민
이 옳은 일을 위해 나서는 작은 사례들에 의해 튼튼해지는 것
이었다. 어머니는 이웃들에게 지역 신문인 『윈스테드 이브닝
시티즌』의 편집자에게 편지를 쓰라고 권했지만, 더 빠른 행동
이 필요하다고 생각하면 망설임 없이 그 과정을 생략하고 편
집자에게 직접 전화하였다. 어머니는 전화를 이용하는 방법을
알았기 때문에, 짧고 요령 있게 대화를 했다. 한번은 어린이들
이 빌려 간 책을 가져오지 않아 비어즐리 앤드 메모리얼 도서
관의 사서들이 어려움을 겪자, 지역 맥도널드에서 빌린 책을
반환하는 아이들에게 햄버거를 공짜로 주겠다고 한 적이 있었

다. 어머니는 이것이 사리에 맞지 않다고 생각했다. 아이들은 책임을 다하기 위해 도서관에 책을 제때 반납해야 했다. 어떤 상업적(그리고 칼로리적) 유인 때문에 그럴 수는 없는 노릇이었다. 어머니는 문제를 제기했고, 승리를 거두었다.

1955년 8월 엄청난 허리케인 다이앤이 윈스테드의 메인 스트리트를 거의 부수어 놓자, 어머니는 행동에 나섰다. 허리케인때문에 우리 지역 극장은 수리를 위해 문을 닫아야 했다. 어머니는 공동체의 젊은이들에게 다른 오락적 출구가 필요하다는 것을 깨닫고 곧 YMCA에 젊은 사람들을 위한 사교적 프로그램을 조직했다. 하지만 어머니는 더 큰 문제에도 눈을 돌렸다. 그런 재난이 다시 일어나지 않도록 예방하는 일이었다. 어머니는 매드 강이 흘러넘친 역사를 고려할 때, 홍수 방비용 댐만이 앞으로 허리케인이 올 때마다 그런 참사가 일어나는 것을 막을 수 있다는 사실을 깨달았다. 그래서 윈스테드 약간 북쪽에 강을 통제할 댐을 짓도록 압력을 넣었다.

어머니는 도움을 얻기 위해 코네티컷 주 공화당 상원 의원이던 프리스콧 부시와 연줄이 있던 지인에게 연락을 했다. 상원 의원이 댐 건설을 추진했을까? 안타깝게도 부시는 그냥 웃음만 지었다는 이야기가 전해진다.

하지만 어머니는 낙담하지 않았다. 어느 날 그들이 다 아는 친구가 부시 상원 의원—훗날 그의 아들과 손자가 미국 대통령이 된다—에게 지역에서 연설을 해 달라고 초대했다. 어머니와 아버지는 부시의 연설을 들으러 갔다. 그의 연설이 끝난 뒤에 어머니는 앞으로 나가 자신을 소개했다. 어머니는 부시와 악수를 하면서 말했다. "부시 상원 의원님, 앞으로 홍수를 막기 위해 공병대를 불러 윈스테드에 댐을 건설하려고 하는데, 의원님의 도움이 필요합니다."

부시는 웃음을 지었지만, 아무 말도 하지 않았다.

어머니는 그다음에 일어난 일을 즐겨 회고하곤 했다. "나는 그 사람 손을 놓아주지 않았지. 도와주겠다고 약속할 때까지 말이야." 어머니의 악력은 엄청났던 것이다.

공교롭게도 그 덕분에 상황이 달라졌다. 부시 상원 의원의 도움으로—물론 다른 사람들도 도왔겠지만—공병대가 댐을 건설한 것이다. 그 후로는 홍수가 나지 않았다.

어머니는 늘 이렇게 말했다. "정치가에게 웃음을 거두고 약속을 하게 하려면, 손을 놔주면 안 돼." 즉 집요해야 한다는 것이다.

이렇게 시민 의식이 강한 분위기에서 자랐기 때문에, 우리는 다른 아이들처럼 부모에게 반항할 수도 있었을 것이다. 그러나 우리는 그들의 뒤를 따르는 분위기였다. 왜 그랬을까? 아마 우리 부모가 지시를 내리기보다는 모범으로 우리를 이끌었기 때문일 것이다. 우리 부모는 우리의 어깨를 붙들고 적극적인 시민이 되라고 명령한 적이 한 번도 없었다. 그냥 어린 시절부터 그 과정에 젖어들었고, 그 결과를 보았을 뿐이다. 나아가 우리는 우리 부모가 그러한 참여를 얼마나 즐기는지 보았다. 아무리 논쟁적인 일이라 해도 상관없었다. 그 과정은 물론 잘 풀릴 때도 있고 잘 안 풀릴 때도 있었지만, 우리 부모는 평상심과 미래를 바라보는 전망으로 늘 기분 좋게 일을 해 나갔다.

나는 부모에게서 시민의 인격을 규정하는 핵심적 자질을 배웠다. 그것은 끊임없는 호기심, 창의적인 사고, 장애물을 앞두고도 변치 않는 쾌활한 태도, 동료들과 공을 나누려는 자세였다. 물론 그 외에도 수없이 많은 기술을 배울 수 있고 또 배워야 한다. 의원의 투표 기록을 해석하고 알리는 방법이라든가,

정보 자유법을 이용하는 방법이라든가, 기자 회견을 잘하는
방법 같은 것이 그런 예다. 그러나 여러 해 동안 공적 생활을
해 오면서 나는, 진정으로 상황을 바꾸는 것은 대개 인격의 또
다른, 손에 잡히지 않는 특질들임을 알았다. 그리고 그것은 우
리 가정교육의 유산인 경우가 많다. 아무리 풍족한 자금도, 아
이비리그 졸업장도, 첨단 기술도 그런 인격, 그런 헌신성을 대
체할 수는 없다.

　물론 어떤 심사숙고 끝에 나온 가족의 비법이나 교육 계획
같은 것들이 이런 자질을 만들어 낼 수 있는 것은 아니다. 어
떤 아이들은 가만 놓아두어도 늘 반항하고 싶어 하고, 또 그것
이 결국 좋은 결과를 낳을 수도 있다. 사실 대개의 가정은 그
저 일상생활을 유지해 나가는 데 급급하여, 행동과 참여의 짐
은 다른 사람들에게 맡겨 버린다. 하지만 나는 시민으로서 책
임감을 갖춘 아이들을 길러 내는 일은 나의 부모가 조성한 분
위기에서 가장 잘 이루어질 것이라고 확신한다. 그것은 간접
적인 태도와 함께 느끼는 즐거움, 확실한 모범과 분명한 경계,
고독과 대화, 목격과 존경, 그리고 무엇보다도 부모의 사랑과
희생의 힘이 지배하는 분위기였다. 이것들은 모두 이웃들이

더 나은 삶을 살도록 돕는 데 헌신하겠다는 생각을 고취한다. 이런 헌신이 뿌리를 내리면, 스스로 성숙해 가면서 공정함을 위해 투쟁하고 참여하는 인격으로 성장해 갈 것이다.

사회의 역사에서 시민의 용기와 정의감이 한껏 올라갔던 시기를 돌아보면, 가장 위대한 지도자 가운데 다수는 바로 이런 식으로 자신의 주변 세계에 참여하도록 양육된 것이 틀림없다고 느껴진다. 이런 가치들은 평범한 사람들이 특별한 결과를 성취하도록 북돋운다. 비록 내가 우리의 미래를 걱정은 하고 있지만, 나는 이런 '자연스러운' 지도자들이 여전히 우리 주위에 있다고 확신한다. 정의감에 불타 변화를 일으키고자 하는 사람들이 새로운 세대마다 반드시 자리를 잡고 있는 것이다. 이들이 바로 우리의 공적 시민이다. 올바르게 기능하는 성공적인 민주 사회를 건설하고, 움직이고, 지키는 사람들이다.

이렇게 자신감 있고, 꾸준하고, 상쾌한 사람들을 만날 때마다 나는 그들에게 어떻게 그런 사람이 되었는지 묻고 싶어진다. 어떻게 그런 추진력, 그런 동기와 목적을 갖게 되었느냐고. 종종 그들은 머뭇거리다가 이윽고 웃음을 지으며 대답한다.

아마도,

어렸을 때 부모님이……

어머니가……

아버지가……

선생님이……

이웃 사람이……

저한테 말을 했는데……

저를 데려갔는데……

저에게 보여 주었는데……

저에게 느끼게 해 주었는데……

민주주의는 젊은이들의 어깨를 감싸 안지 않고는 번성할 수 없다. ✄

글을 마치며

The Seventeen Traditions

여기까지 이 책을 읽었다면 이런 의문이 떠오를지도 모른다. 이 모든 전통이 어떤 아이들을 길러 냈을까? 어쩌면 내가 이런 질문에 답한다는 것은 적절하지 않을지도 모른다. 이런 질문은 객관적인 답을 요구하는 것인데, 나는 아무래도 편견을 가지고 있으므로 답을 하기에는 어울리지 않을 터이므로. 따라서 나의 형과 두 누나가 걸어온 길을 보여 주는 것이 적당할 듯하다.

1986년에 세상을 떠난 형 샤프는 인류학을 공부했고, 나중에 법학을 공부했다. 샤프는 공동체 경제 발전을 실행에 옮기는 사람이었고, 공업 단지의 중심적 인물이었고, 평생에 걸쳐 지역 민주주의를 옹호한 사람이었다. 샤프는 진정한 변화를 이루는 일을 반드시 전국적 수준에서 시작해야 한다고 생각하지 않았다. 외려 전국 수준에서 이루어지는 일들은 권력을 집중시키므로 민중에게 도움을 주는 경우가 드물다고 보았다. 그는 변화는 지역 수준에서 시작되어야 한다고 믿었다. 이런 이유 때문에 샤프는 공동체와 진지하게 관련을 맺는 커뮤니티 칼리지를 옹호했다. 샤프는 2005년에 40주년을 맞은 코네티컷 주 윈스테드의 노스웨스턴 코네티컷 커뮤니티 칼리지의 주요 설립자였으며, 거기에서 그치지 않고 전국적인 커뮤니티 칼리지 운동에 뛰어들었다.

컬럼비아 대학에서 공법학과 행정학을 공부한 클레어는 과학과 정부 사이의 관계를 다루는 선구적인 논문으로 박사 학위를 받았다. 그 뒤에는 일찍부터 전국적인 연구소의 한 집단과 함께 에너지 절약을 연구했다. 클레어는 제3세계 국가들의 과학과 기술과 발전에 관한 선구적인 저서를 공동 편집, 저술했으며, 과학 · 기술과 관련하여 건강과 안전을 위한 규제를 다루는 학술 논문을 썼다. 또한 공동체 수준에서 제도적 변화와 민주주의를 이루는 데 헌신하는 수많은 시민 그룹을 창설하고 관련 프로젝트를 주도했으며, 지금까지 그 일을 하고 있다. 클레어는 유전 공학이라는 중요한 기술을 위한 윤리적이고 법적인 틀을 만들고자 하는, MIT와 하버드의 과학자들이 설립한 '책임 있는 유전학 회의'의 의장을 오랫동안 맡았다. 우리 지역 병원이 문을 닫은 뒤에는 코네티컷 주 윈스테드에 보건 서비스를 회복하는 일에 시민의 참여를 독려했다. 그 결과 윈스테드 보건 센터 재단이 탄생했다.

로라는 하버드 대학에서 인류학으로 박사 학위를 받고, 캘리포니아 버클리 대학의 인류학 교수가 되었다. 로라가 매년 여는 '통제 프로세스(controlling process)' 강좌는 수천 명의 학생이 거쳐 갔다. 로라는 현장 활동과 저술, 교육을 통하여 법, 인류학, 산업화된 문화에서의 권력과 통제 체계 분야에서 중요한 학자가 되었다. 로라는 우리의 아이들을 위하여 더 계몽된 정책을 계발하는 위원회들과 건전한 에너지 정책 옹호에 앞장서는 몇몇 에너지 정책 위원회에서 일해 왔다. 로라의 큰딸은 아동을 위한 변호사로 일하다가 가족, 홈 스쿨링, 공동체로 관심을 돌렸다. 로라의 아들은 생태학 박사 학위를 받고, 열대

우림의 생물학적·문화적 보존을 위해 현장 작업을 하고 있다. 막내딸 또한 가정을 이루었고 전염병 분야의 박사 학위를 땄으며 세포 파괴와 암을 연구하는 연구소에서 일하고 있다.

로라의 아이들은 시민으로서의 관심과 책임감도 강하게 느끼고 있다. 그들은 또 이것을 친구들, 동료 시민들, 자녀들과 쉽게 공유한다. 그들 가족 가운데 나이 든 사람들과 마찬가지로 그들 또한 인간 조건에 좋은 쪽으로든 나쁜 쪽으로든 영향을 주는 사건에 관해서 이야기하는 것이 중요하다고 믿는다. 그들은 "정의"나 "불의" 같은 말을 사용한다. 그들은 사실에 근거를 두고 이야기하며, 책임을 지는 자유와 공정함을 갖춘 자유를 향한 변함없는 열정을 보여 준다. 그들은 행동이 말을 정당화한다고 믿으며, 정의를 추구하지 않고는 진정한 행복을 추구할 수 없다고 믿는다.

나도 그들과 젊은 열정을 공유했다. 고등학교 시절 읽었던 한 인용문은 나에게 길을 안내하는 빛과 같은 역할을 했다. 그것은 대니얼 웹스터 상원 의원이 한 말로, 정의란 "이 땅에 사는 인간의 위대한 사업"이라는 것이었다. 웹스터는 사회는 노력 없이는 개선될 수 없다고 생각했다. 그가 제시한 길에 나서

면서 나는 물론 그것이 힘든 일임을 알았지만, 동시에 지고의
만족을 준다고 생각했다. 정의를 추구하는 것은 큰 기쁨이었
다. 그 기쁨은 누구나 누릴 수 있는 것이었다.

아이들은 아주 어린 나이에 공정함이라는 관념을 갖춘다.
아이들은 순진한 마음으로 어른들보다 훨씬 쉽게 가난, 전쟁,
오염이 없는 세상을 상상할 수 있다. 아이들은 딴 속셈이 없으
므로, 놀라운 명료함과 낙관성을 갖출 수 있다. 나의 가족은
말, 행동, 전통을 통해 그런 이상을 믿는 재능을 선물로 주었
다. 그들의 힘은 나의 물질대사 역할을 했다. 그들은 내가 가
능한 한 많은 사람과 연결되고, 그 사람들에게 우리의 문제는
대부분 해결이 가능하다는 것을 보여 주도록 길을 닦았다. 물
론 여기에는 단서가 붙는다. 사람들이 일어서서 중요한 역할
을 하려면 시간이 필요하고, 우리 가운데 누군가가 두각을 나
타내고 지도해야 한다.

사람들에게는 그런 힘이 있다. 물론 여기에는 사람들 스스
로 그것을 인정하고, 서서히 그 힘을 행사할 준비를 갖추어야
한다는 조건이 붙는다. 이것은 정치에서는 큰 조건이다, 그렇
지 않은가? 하지만 그것은 민주주의의 꽃을 피우기 위해 노력

해야 할 가장 좋은 근거가 될 수 있다.

내가 어디를 가나 잊지 않는 중국의 고대 격언이 있다. 그것은 우리 부모가 유산으로 남긴 정신을 그대로 표현해 준다.

"알고 행동하지 않는 것은 아는 것이 아니다."

어머니와 아버지는 우리가 어른이 되어서 하는 활동들을 겸허하고 침착하게 바라보았다. 내가 공개된 무대에 모습을 드러내고 전국적 매체에 자주 등장하기 시작했을 때, 우리 부모의 반응은 이런 식으로 요약할 수 있었다.

"좋아, 랠프, 유명해지는 것보다 어려운 것이 있다면, 그것은 유명한 것을 견디고 그것이 네 머리를 부풀리지 않도록 자기 궤도를 유지하는 방법을 배우는 것이다."

데이비드 핼버스탬의 어머니와 우리 어머니는 친구인데, 내가 처음으로 전국적인 주요 잡지의 표지에 등장했을 때 핼버스탬의 어머니는 우리 어머니한테 전화를 걸어 축하해 주었다.

"그래요?" 우리 어머니가 대답했다. "나가서 한 부 사 와야겠네."

데이비드는 껄껄 웃으며 말했다. "정말 겸손한 분이야. 내가

『타임』지의 표지에 나왔다면, 우리 가족은 리치필드 군의 모든 신문 판매대를 텅텅 비워 버렸을 거야."

그런 겸허한 태도를 가장 잘 보여 준 사람은 우리 아버지였을 것이다. 한번은 내가 어떤 일에 최선을 다했다고 말하자, 살짝 몸을 기울이면서 나를 보았다. "애야, 절대 최선을 다했다고 말하지 마라. 그럼 더 노력하지 않을 거 아니냐."

우리 부모는 늘 우리를 생산적이고 자극적인 길에 올려놓고, 우리가 스스로 속도를 낼 때까지 안내하고, 그런 다음 자신들의 일이 끝났다고 느끼면 우리에게 알아서 가게 했다. 어머니는 공동체의 젊은 어머니들한테 아이가 예닐곱 살이 될 때까지 부모가 자기 역할을 하지 못하면 문제가 복잡해질 뿐이라고 말했다. "빠를수록 쉬워." 어머니는 그렇게 말하곤 했다. 말을 배우는 것만이 다가 아니라고 어머니는 웃으며 덧붙이곤 했다.

지금도 우리 부모가 보여 준 것처럼 풍부한 전통의 안내를 받는 건강한 가족—부모가 둘 다 있건 하나만 있건—은 많다. 물론 다른 모든 관심사가 뒷전으로 밀릴 만큼 사회적·경제적·문화적 압박 속에서 하루하루 힘겹게 살아가는 가족도 많다. 오늘날에는 점점 많은 가족이 자신의 책임—아이들을 먹이고 즐겁게 해 주고, 교육하고 자문해 주고, 매일 돌보고 충고해 주는 일—을 상업적인 서비스 제공자에게 맡겨 버린다. '가족 산업'은 미국 경제에서 급속하게 현실적인 요소가 되어 가고 있다. 그러나 여기에는 대가가 따른다. 부모는 점점 '전문가'의 도움 없이 결정을 내리는 자신의 능력에 자신감을 잃는다. 기업이 의도적으로 우리 자녀에 대한 부모의 역할을 잠식하면서, 아이들은 부모와 개인적으로 만나는 시간이 줄어든다. 가장 중요한 전통들은 중단되고 만다.

그럼에도 젊은 사람들이 여전히 셰익스피어의 희곡을 보러 가고 그것을 공연하는 것과 마찬가지로, 많은 사람이 여전히 가족 생활의 진실성과 약점을 본능적으로 파악하고 있다. 기억할 수 없는 옛날부터 그랬던 것이다. 나는 이 책을 읽고 더 많은 부모가 자식들과의 유대를 다시 구축할 만한 이유를 찾게 되기를 바란다. 몇 세대에 걸쳐 내려오는 자신의 가족의 유산에 의지하면서 그들 자신이 어렸을 때 배운 교훈을 전달하면 될 것이다. 토머스 제퍼슨이 "덕과 재능의 귀족"[7]이라고 부른 사람들을 길러 낼 수 있는 분위기를 조성하는 데 이보다 나은 방법이 어디 있겠는가? 오늘날의 부모들이 전보다 더 강하고 건강한 세대를 뒤에 남기고자 한다면, 이런 초월적인 가족 전통의 계발이 좋은 출발점이 될 것이다.

감사의 글

우리 가족의 전통을 기억하고 깊이 생각해 본 이 책에서 누구보다도 우리 부모, 누나들, 형에게 감사해야 할 것이다. 그래서 이 책을 그들에게 바치기도 했다. 그중에서 여러 가지 사항에 조언해 준 클레어 누나와 인류학적 통찰을 제공한 로라 누나가 큰 도움을 주었다. 조카 타렉 밀러런은 원고를 읽고 꼼꼼하게 제안해 주었다.

동료인 존 리처드와 편집자 캘버트 모건에게 특히 감사한다. 모건의 편집 솜씨가 다 발휘되지 못한 것은 오로지 시간 제약 때문이었다.

이 책의 주

1 Rook. 말의 하나로 둥근 탑처럼 생겼다.

2 제2차 세계 대전 중 미국 가정에서 가꾼 채소밭.

3 Bronx Bombers. 뉴욕 양키스의 별명.

4 Jean Monnet(1888~1979). 프랑스의 경제학자. 제2차 세계 대전 후 '모네 플랜'을 제안하여 프랑스의 경제 부흥에 힘썼으며, 유럽 공동체 의장을 지냈다.

5 아이를 제물로 받던 셈 족의 신.

6 McNader. 스코틀랜드에서는 네이더의 아들, 즉 네이더 집안이라는 뜻의 성이 된다.

7 "Aristocracy of virtue and talent". 토머스 제퍼슨은, 혈통주의에 입각한 낡은 귀족주의의 시대는 끝나고 이제는 능력주의에 기초해 "덕과 재능의 귀족" 시대가 되었다고 말한 바 있다.

열일곱 개의 전통

초판 1쇄 펴낸 날 2010년 3월 2일
지은이 랠프 네이더
옮긴이 정영목
펴낸이 박설림
펴낸곳 도서출판 재인
디자인 오필민디자인
등록 2003. 7. 2 제300-2003-119
주소 서울시 강남구 도곡동 467-6 대림아크로텔 1812호
전화 02-571-6858 **팩스** 02-571-6857

ISBN 978-89-90982-35-3 03840